没有悲伤的城市

［加］阿诺什·艾拉尼 （Anosh Irani） ◎著

刘勇军 ◎译

The Song
of Kahunsha

湖南文艺出版社 HUNAN LITERATURE AND ART PUBLISHING HOUSE 博集天卷 CS-BOOKY

图书在版编目（CIP）数据

没有悲伤的城市 /（加）阿诺什·艾拉尼（Anosh Irani）著；刘勇军译 . — 长沙：湖南文艺出版社，2017.7

书名原文：THE SONG OF KAHUNSHA

ISBN 978-7-5404-8132-2

Ⅰ.①没… Ⅱ.①阿… ②刘… Ⅲ.①长篇小说—加拿大—现代 Ⅳ.① I711.45

中国版本图书馆 CIP 数据核字（2017）第 127477 号

著作权合同登记号：图字 18-2017-068

上架建议：畅销·外国文学

THE SONG OF KAHUNSHA: A NOVEL BY ANOSH IRANI
Copyright: © 2006 BY ANOSH IRANI
This edition arranged with THE BUKOWSKI AGENCY LTD
Through BIG APPLE AGENCY, INC., LABUAN, MALAYSIA.
Simplified Chinese translation copyright ©2017 by China South Booky Culture Media co., Ltd.
ALL RIGHTS RESERVED

MEIYOU BEISHANG DE CHENGSHI
没有悲伤的城市

著　　者：［加］阿诺什·艾拉尼
译　　者：刘勇军
出 版 人：曾赛丰
责任编辑：薛　健　刘诗哲
监　　制：蔡明菲　邢越超
策划编辑：马冬冬　刘宁远
特约编辑：李乐娟
版权支持：辛　艳
营销支持：李　群　张锦涵　姚长杰
版式设计：李　洁
封面设计：张丽娜
出版发行：湖南文艺出版社
　　　　　（长沙市雨花区东二环一段 508 号　邮编：410014）
网　　址：www.hnwy.net
印　　刷：北京嘉业印刷厂
经　　销：新华书店
开　　本：880mm×1270mm　1/32
字　　数：151 千字
印　　张：7.5
版　　次：2017 年 7 月第 1 版
印　　次：2017 年 7 月第 1 次印刷
书　　号：ISBN 978-7-5404-8132-2
定　　价：39.80 元

质量监督电话：010-59096394
团购电话：010-59320018

目录

/

Contents

/

没有悲伤的城市

他毫无征兆地挥动铁棒，冲着从窗户向外张望的人打去。只听到一声令人毛骨悚然的爆裂声，从屋里向外探头的人就不见了。肯定是出租车司机哈尼夫，昌迪心想。那个人拎着铁棒，守在窗户外面。看来他已经准备好在必要时故技重施。

小巷内黑漆漆的，昌迪能听到一个女人在蓝色棚屋里惊声尖叫。昌迪想象着哈尼夫躺在地上，被铁棒打断了几颗牙齿，鲜血顺着他的鼻子和嘴往外流，而他妻子则在拼命敲打被反锁住的屋门。

昌迪无法动弹。竟然没有一个邻居出来救这家人。大多数人都回屋去了，只有几个人还站在外面，看起来却跟昌迪一样，已经吓破了胆。

昌迪注视着阿南德·巴依，后者则站在原地不动。阿南德·巴依穿一身黑，看起来如同黑夜的一部分。昌迪无法理解，在这样一个时刻，阿南德·巴依怎么还笑得出来。

Chapter1
那些无能为力的事情

人生就是这样，有时候你只能眼睁睁地看着却什么也做不了。

昌迪摸着自己的肋骨。

他想把肋骨往里推，不过并不管用。肋条还是从白背心里凸出来。也许是因为他还只有十岁，等长大些，没准就会长肉了，肋骨也不会那么明显，想到这儿，他从孤儿院的台阶上走了下来。

这会儿，昌迪赤脚站在院中。他从不穿拖鞋，因为他喜欢光着脚丫子感受热乎乎的地面。现在是一月初，雨季还早。尽管新的一年已经开始，地面却像迟暮的老人，地表的裂缝比任何时候都要深。太阳炙烤着昌迪的黑发，他只得眯缝着眼睛。

他摊开胳膊，朝一堵墙走去，他的世界在那里结束，别人的世界却从那里开始。靠近墙面时，他听见了城市的声音，远处传来喇叭声，自行车和摩托车的嗡嗡声此起彼伏。他知道孟买的动静比这大得多，但这个院子离主干道不近。墙那头是个小小的集市，女人们在藤条篮里装上鱼和蔬菜在那里兜售，男人们则蹲在那里，哈着腰帮人掏耳朵，倒也能挣几个卢比。

鸽子在墙上站成一排，叽叽咕咕地叫着。墙顶插着锋利的玻璃，防止有人翻墙进入院内。昌迪很纳闷，为什么会有人要费尽心思偷偷进入院子。孤儿院里有什么可偷的。

这时，自行车铃声蓦地响起，几只鸽子吓得振翅而飞，但它们很快又落到墙上，似乎压根儿就不在意那些碎玻璃。鸽子晓得把脚搁在哪里。

昌迪摸着墙侧，感受黑色的石头。想到上面会生出青苔，他不由得笑了。雨能让墙孕育生命。再等几个月他就能尽情地吸气，闻到他最喜欢的气味儿。那是初雨的味道，大地被雨水滋养后会满怀感激，那也是他一整年的期盼。要是孤儿院里也有这种味道，准是整个城市最好的去处。

第十年对昌迪来说很难。如今，他逐渐明白了许多事情。小时候的很多问题，现在似乎都有了答案，可他现在担心自己并不喜欢那些答案。

他从墙侧转过身来，朝一口用灰色水泥砌得严严实实的水井走去。

他目不转睛地盯着水中的倒影，也不知道自己是像妈妈还是像爸爸。他觉得自己的眼睛像妈妈的，又大又黑。把他扔在这里的是妈妈还是爸爸？也不知道他们是否还活着。

他将一只脚搭在井沿上。

周围都是三角梅（bougainvillea），昌迪最喜欢这种植物了。粉的、红的，多么靓丽的颜色，满满都是爱，他想。如果这些花是人类，想必是世界上最漂亮的人。

他将另一只脚也跨了上去，高高地站在井沿上。

他透过孤儿院开着的窗户往屋子里瞧。大多数孩子都挤在一张床上。他听见他们在唱《火车》这首歌，女孩在模仿火车"哐当哐当"的声音，男孩则像放连珠炮似的念着城镇和村庄的名字：曼德瓦、坎德瓦、赖布尔、斋浦尔、塔莱冈、马莱冈、韦卢、肖拉普尔。印度这么多地方，可我一个都没去过，昌迪自言自语道。

他喜欢脚踩在井沿上高高站立的感觉。也许将来某一天他也能长这么高呢。不过可能还要好几年。再说了，即便长这么高又能怎样？他还是没地方可去。将来他总会离开孤儿院，可到时候连个道别的人都没有。如果他走了，谁也不会想他。

他看着井中的水。

水平如镜。他在想要不要跳下去，到时他的身体会灌满水。万一父母回来找他，会发现他在井底沉睡。

这个念头刚从脑中生出，他就从井沿上跳了下来。

他飞快地朝孤儿院走去，爬上通往门厅的三级台阶，孩子们的胶鞋码成一排，整齐地放在那里，斑驳泛黄的墙上钉着一枚钉子，一把黑色的伞挂在上面。

昌迪的小脚丫在石地板上留下一串泥印。他进入宿舍，乔蒂愠怒地看着他，这会儿，她在弓着腰擦洗地板。昌迪因为没穿鞋没少挨乔蒂的骂。

房间里满满当当地摆着二十张金属床，床两两相对，排成两列，每列十张。床上铺着一张薄薄的床垫，上面盖着一张白色的床单，没有枕头。因为乔蒂在拖地板，孩子们都挤在床上。大多数人仍在靠窗的床上玩音乐接龙的游戏，现在他们已经不唱《火车》了，而是唱"v"字开头的歌。

乔蒂的目光仍然没从昌迪身上移开，她将一块厚厚的灰布泡进混合着水和洗涤剂的桶里，然后将布"啪嗒"一声扔在地上。昌迪笑嘻嘻地看着她。她跟丈夫拉曼在孤儿院干活儿已经有不少年头了，昌迪知道乔蒂没有恶意，希望她现在停下手中的活计，给他泡茶，不过她得等到擦洗完地板才会给所有的孩子泡茶。今天，她还在头发上抹了发油，房间里弥漫着发油和洗涤剂的味道。

昌迪往乔蒂的大绿桶里瞧了瞧，里面的水又黑又脏，让他想起那口井。他很快移开目光，朝祈祷室走去。他确信没人知道他刚才有过跳井的念头。除了祈祷室里站着的那个人，谁也不会知道。那个人活像一个帅气十足的巨人。

昌迪不敢看那个人，刚才的念头令他羞愧难当，他清楚地知道那个人受的罪比其他任何人都多。

没错，那个人就是耶稣。

即便耶稣生前肯定目睹过人世间许多悲惨的事，现在他的眼神也没有流露出来这点。但昌迪最喜欢耶稣头顶的光环，像电都是耶稣发明的一样。当昌迪看到双亲健在的孩子时，他会妒火中烧，但旋即会想到耶稣受到的苦难。耶稣带着满满的爱来到世上，离开时却血肉模糊地被钉在了十字架上，还被恶语相向。

耶稣以前也是个孩子，后来却成了救世主，想到这儿，昌迪大受鼓舞。跟耶稣说话并没有让昌迪的心情好转，他在向他人祈求时总觉得不自在。每天早晨，孩子们都会聚集在祈祷室里，不过他们并没有祈祷，而是闭上眼睛提出要求。昌迪觉得这不是真正的祈祷。在他看来，真正的祈祷是向神灵传达积极的想法，比如向他表示感激、爱慕之情。这才叫祈祷。如果只是一味地索取，那祈祷室岂不成了菜市场。

他环顾四周，想知道有没有人在看他。昌迪不想让任何人瞧见他在祈祷。耶稣从没回应过他，但他明白耶稣遭遇那样的苦难后，兴许什么人都不会相信。所以，他倒也能接受耶稣的沉默。

昌迪告诉耶稣，从现在起他将学会承受悲伤，就把它当成一个多出来的脚指头。他说出这些话的时候，知道耶稣准会为他自豪。

昌迪觉得累了，想休息一会儿，却又不希望离开耶稣的视线。于是，他索性躺在石地板上，将想法告诉耶稣：我保证尽量开心起来。

昌迪知道他总归比盲人、患病的孩子幸福，更别提那些满身是疮的流浪狗了。

他感觉好多了，终于闭上眼睛，可以做自己最喜欢的事了。自打出生后，也许是从三岁那年算起吧，他一直在想象自己出生的城市——孟买。

他一直在孤儿院里生活，这辈子都没离开过院子，自然也就没怎么见过孟买。最近，有关孟买的消息让他心烦意乱。管理孤儿院的萨迪克太太已经有三个礼拜不让孩子们迈出大门了。

她说印度教教徒毁了远在阿约提亚的巴布里清真寺，现在，印度教教徒和穆斯林正为这事打得不可开交。街上也不安全了，孩子们也不例外。

但昌迪提醒自己新的一年已经来了。

人们不会再抢劫商店、烧毁出租车，也不会有人受伤。如果真发生这样的事，昌迪会亲手一砖一瓦地重建孟买。

于是，他闭上眼睛，看到一个红色的皮球。

在昌迪的脑海中，孩子们在孟买的街头用板球拍击打着一个红皮球，即便击球手一使劲儿，将球砸在窗户上，把玻璃砸得粉碎，也不会有人生气。几秒钟后，玻璃便会恢复如常，游戏也会继续。裁判是一个经营烟草店的老头儿。因为他还得卖香烟、槟榔和蒌叶果，所以心思不一定在游戏上，要说他的本事真不赖，还能做到胸有成竹，每个球都能记在脑海里。投手以奇怪的方式击出旋转球时，他会往回跑，根本不用看球柱，只需将球高高地抛向天空。如果是一个经验丰富的击球手，会耐心地等到球落地，兴许要等上一分钟到七分钟，那球才会呼呼地旋转而下，所有人都会看得眼花缭乱。

他还看到人们在庆祝胡里节。大伙走上街头，在朵儿鼓的节拍下尽情地跳舞，将彩色的粉末撒向空中，然后置身其中，身上沾满粉末，也许几天都不会掉。如今，人们终于明白了胡里节的真正含义，如果脸上沾满了绿色的粉末，那就预示着孟买在接下来的几天里都会呈现欣欣向荣的景象，男女老少都会过上无忧无虑的生活。如果胸膛上沾上红色的粉末，预示他们会坠入爱河，与人共结连理。所有颜色都会像良朋好友一样来到他们身边，人们也会沾上各种喜气。

可是这样的地方得有个名字才行，昌迪拿定主意。于是，他自创了一个，并且大声地说了出来："卡洪莎。"在他看来，这个名字意为"没有悲伤的城市"。他相信总有一天所有的悲伤都会烟消云散，孟买将会以卡洪莎这个名字重生。

昌迪醒来时，感到神清气爽。

他进入卧室，看到小普什帕，她头靠着墙坐在床上，因为得了哮喘，呼吸沉重。有天晚上，她叫醒了昌迪，说她快要死了。谁也不会死，昌迪这样安慰她，其实他心里很害怕，因为他也帮不上什么忙。所以，他只是拍了拍小普什帕的头，向耶稣祈祷，虽然他觉得小普什帕都没办法呼吸了，祈祷怕是没什么用了。过了一阵儿，他呆呆地坐在黑暗中，听小普什帕大口大口地呼气。这会儿，小普什帕拨弄着头发，出神地想问题，看到她没再受苦，昌迪也很高兴。

虽然从祈祷室射进一点光亮，但卧室仍然十分昏暗。昌迪借助这点光亮，看着所有孩子。从大伙的眼神里就能瞧出他们是孤儿，他暗自思忖。等几年他们长大后，要是还能看到他们中的任何一个人，他也能认出来，昌迪心想。

他将注意力放在顿珠身上,怕鬼的孩子顿珠会睁着一只眼睛睡觉。尽管他是孤儿院里最强壮的男孩,可他怕鬼,总觉得只要沉睡过去,鬼就会进入他的身体,到时候,他就会像个恐怖的幽灵一样整晚在外面游荡。晚上,顿珠会说一种奇怪的语言,说是从鬼那里学来的。他还说能听到鬼在打架,谁赢了能先附在他的身体上,每天晚上没什么事干,孩子们都会怀着极大的兴趣讨论被鬼弄得神神道道的顿珠。

卡差躺在地板上,他看上去跟其余的孩子都不一样。绿眼睛,白皮肤,因为他是尼泊尔人。幸亏卡差已经睡着了,昌迪想。之所以叫他这个名字是因为他总喜欢像剪刀一样插话。不过,卡差睡得死死的。昌迪从他身上跨了过去。

卧室里的落地钟响了三下,昌迪这才想起他没有赶上午饭。其实午饭吃得也不多,就是一个饭团和一些蔬菜,但至少能填饱肚子。他在想为什么没有人去祈祷室叫醒他呢,特别是萨迪克太太。

除了耶稣,昌迪恐怕就只会跟萨迪克太太推心置腹了。还在襁褓时,萨迪克太太就开始照料他了。不过,昌迪也不是完全相信她,总觉得她有什么事情瞒着他。这么多年来,可以说是萨迪克太太把他带大的,喂饭、洗澡都是她一手包办的,可有好几次,她好像都不敢看他的眼睛。昌迪觉得她准知道他父母的事,他总有一天得把真相找出来。

不过,昌迪仍然很感激萨迪克太太为他所做的事情,萨迪克太太教所有的孩子识文断字,却格外关心昌迪。有一次,她还当着所有孩子的面叫他"聪明小子",他也逮到机会解释了自己"聪明"的原因,因为他相信色彩的力量。你们每天都得挨着三角梅，他高声说。话一出口，孩子们哄堂大笑，把昌迪当成疯子，从那天起，他决定守着这个秘密。

他走过通往萨迪克太太办公室那条狭窄的走廊。一张卡玛夫人的肖像画挂在墙上。这么多年来，昌迪总是觉得这位夫人过于严厉。后来有一天，萨迪克太太把卡玛夫人的真实身份告诉了大家，昌迪便改变主意了。这位夫人的名字叫 H.P. 卡玛，生前曾把孤儿院当成自己的家。正是因为她的善心，孩子们才有现在的安身之所。每次经过走廊时，萨迪克太太都会让所有的孩子感谢"卡玛夫人"，昌迪并没有每次都照做，因为有时候他会着急忙慌地去上厕所，但他把卡玛夫人的事跟耶稣说了：如果你在天堂看见她，请一定要照顾好她。

这会儿，昌迪在走廊上看到萨迪克太太。她戴着一副银丝边眼镜，坐在一张棕色的木桌旁看信。昌迪通过她身后的窗户看到三角梅在微风中摇曳。他喜欢看着红色的花瓣簇拥着萨迪克太太的头，像在暗中保护她。她抬头看了一眼墙上的钟，却未曾注意昌迪。她再次看着那封信，一缕淡淡的阳光掠过她的白发。

昌迪看着她放在桌上的瘦长胳膊，心想这么多年来也不知道这双手照顾过多少孩子。他知道自己一心想打听亲生父母的事，而萨迪克太太也曾渴望有自己的孩子。一天下午，他听到乔蒂跟她之间的谈话，当时两人坐在孤儿院的台阶上喝茶。昌迪很少看到萨迪克太太把乔蒂当成朋友，而不是仆人。

昌迪得知萨迪克太太以前也结过婚。丈夫不喜欢她在孤儿院工作，说什么既然她连自己的孩子都没有，干吗还去照顾别人的孩子。有一天，她回到家，丈夫把她的东西收拾好，叫她走。结果，她就拿了几样东西，搭乘出租车回到孤儿院。自那天起，她就再没见过他了。萨迪克太太觉得丈夫没准已经死了，因为他比她大十五岁呢。这些都是她对乔蒂说的。

　　昌迪惊奇地发现萨迪克太太的生平几句话就能交代清楚。所以，他决定自己得活得精彩些才行，到时候跟人讲述自己的生平时，可能得讲几天，甚至几个礼拜，最后还得是圆满的结局，这跟萨迪克太太可不一样。他想把自己的计划告诉萨迪克太太，可要是被她知道昌迪在偷听，免不了一通数落。

　　萨迪克太太再次瞄了一眼钟，手指捋过梳成圆髻的白发。她穿着一件蓝色的纱丽，一双与之相配的橡胶凉鞋。昌迪总能从胶鞋的啪嗒声中判断萨迪克太太在孤儿院的哪个房间。倘若她要出门，就会穿一双皮凉鞋。有一回碰上下雨天，她还滑倒，把腰给扭伤了。那瓶用来擦背的精油挨着一个蓝色的玻璃镇纸放在桌上。萨迪克太太拿起镇纸，又看了一眼钟。昌迪心想莫非她觉得钟和镇纸之间有什么联系。

　　萨迪克太太终于瞧见昌迪站在走廊上，她从木椅上起身，那个放在腰间的绿色小靠垫掉到了地上。她慢慢弯腰去捡，昌迪从她紧绷的脸上能看出她的腰伤还没好利索。昌迪进入房间，把垫子捡起来，放在萨迪克太太的椅背上。

萨迪克太太冲他笑了笑，昌迪知道她肯定有心事，因为笑容是不会让一个人看起来显老的。她走向窗户，将手肘放在窗台上。昌迪也望着窗外，看着那口井，暗暗下定决心，今后再也不要靠近水井了。

　　昌迪和萨迪克太太站在那里，沉默无言，外面间或传来汽车的喇叭声。他在想要是孤儿院位于孟买的市中心会怎样。他得整天听巴士隆隆驶过。乔蒂曾经跟他说，孟买的巴士一点也不尊重人。他曾目睹那些巴士对人有多差劲，不让人上车，上了车的人也得吊在巴士上，甭提有多危险了。乔蒂还跟他说，她当初从村子来到孟买的时候，巴士里面连个座位都没有，她只能跟五个大男人一起坐在车顶，这样折腾了一整天。那时昌迪还想，他就愿意坐在车顶，一路欣赏印度的村庄。

　　可现在，他只想知道萨迪克太太遇到什么麻烦事了，因为她一句话都没跟他说。昌迪发现最近三个月，萨迪克太太的话越来越少，他在想，也不知道是不是预示她快要死了。不过昌迪不敢当面问她。但他必须让萨迪克太太说话，她说得越多，就会活得越久。

　　昌迪还没来得及问她，萨迪克太太轻轻拍了拍他的头，又回到桌旁，再次看着那封信。她将那个黑色的电话听筒拿在手上，放在耳朵边，像在检查是不是坏了。接着，她又把听筒放回托架上，取下银丝边眼镜，揉了揉眼睛。

　　也许她昨晚没睡觉呢，昌迪心想，她的眼睛是通红的。不过兴许是哭红的。他发现虽然眼泪是无色的，却能让人哭红眼。他时常想自己的眼睛。要是每天盯着三角梅看一阵儿，眼睛会不会染上花的颜色呢？那他就是孟买，也许是全世界唯一长着粉色或者红色瞳孔的男孩了。

电话铃声蓦然响起，打断了他的思绪。萨迪克太太并没有立即接电话，而是任由铃声继续，昌迪知道她希望自己离开。要是萨迪克太太是他的妈妈，他准会抱着她的双腿，说什么也不走。

离开房间之前，昌迪透过窗户瞥了一眼三角梅，发现花在微风中摇曳，他很高兴，这是个好兆头，说明萨迪克太太会好起来的。

❦

萨迪克太太用拇指指甲挠了挠右边眉毛，未几，又挠了挠左边。昌迪注意她的这个习惯几年了，每次她有心事的时候都会这么做。

但他从来没见过一个简单的电话就会让她心事重重。他知道萨迪克太太准有事瞒着他，好比以前，死活不愿跟他讲亲生父母的事。不管她跟昌迪说了多少遍对他父母的事情一无所知，他还是铁了心要找出真相。毕竟，"昌迪"这个名字还是萨迪克太太取的呢，意思是"厚脸皮的男孩"。

今天，昌迪经过走廊时没忘了感谢卡玛夫人。他明知道这事不可能，但总觉得她的耳朵变大了。没准是因为她的耳朵里塞满了感谢的话才变大的。要真是这样，上帝的耳朵恐怕是世界上最大的。

这会儿，孤儿院里最大的女孩索纳尔站在卧室里，望着窗外。她穿着一件褪色的绿裙子，当时，一家基督徒要搬去马德拉斯，捐赠了不少旧衣服。昌迪身上那件棕色的短裤和白色的背心也是他们家捐的。昌迪挺羡慕他们家的那个男孩，那个小家伙的腰身可比他的粗，也就是说男孩吃的可不是饭团和蔬菜。昌迪很想快点长大，到时候长得结结实实的。他知道索纳尔也想快点长大，她一点也不喜欢自己现在的样子。有一回，他听萨迪克太太跟索纳尔说，女孩子的美得慢慢地才会显露出来。所以，索纳尔也就信了，等她长大后才会变成个大美人。不过，她也不知道要到什么年龄才会变美，但是她愿意耐心地等下去。

三个男孩站在房间的角落里玩科伊巴，那是一种用三块白石子玩的游戏。虽然三个男孩不是兄弟，但长得很像，胸膛很坚实，腿却很细。昌迪觉得他们长得像是因为经常形影不离，很少跟别的孩子说话。一个孩子抬起右腿，将手中的小圆石扔出去，不偏不倚地打中了地上的石子。

这时，昌迪看到乔蒂出了大门。不过，她这个时候回家太早了，所以昌迪觉得她准是去市场为萨迪克太太买蔬菜和食用油了。要是没了乔蒂，萨迪克太太可怎么办？因为萨迪克太太没有力气蹲下来拖洗地板，也没法给二十个孩子做饭。尽管乔蒂的活干得不怎么样，但她毕竟没有为了挣更多的钱离开孤儿院，去别人家干活儿。兴许是她丈夫拉曼的缘故吧，昌迪清楚没有人愿意雇个酒鬼。拉曼在这里至少可以洗洗厕所什么的，也不会碍着别人。有几回他还在院子里昏了过去，所有孩子都围在他身边，也不知道他是不是死了。

昌迪正要沿台阶走到院子里，感觉有人拉了一下他的手。原来是小普什帕。她手里拿着一本破破烂烂的《月亮妈妈》，这是一本童话书，里面都是些寓言故事，什么《吞掉一座山的孩子》《飞翔的犀牛及其寓意》。小普什帕想要说话，不过她得吸入足够多的空气才行。但昌迪知道她想要什么，他从小普什帕的手里拿过书，陪她走到房间的角落里，旁边有个大木柜，里面放着孩子们的衣服和玩具。衣柜的一扇门上有面长镜子，另一边木门上画着一棵树，树上开着粉红色的花，有只鸟落在枝头上。昌迪喜欢这幅画，因为那只鸟看上去正在张嘴唱歌，悠扬的歌声能传到老远的地方。

他们远远地离开三个玩科伊巴的孩子，坐在地板上。有个孩子连赢了三把，正昂头挺胸地走来走去。另外两个输了的男孩像泄了气的皮球，揉搓着和亲吻着三枚白色的石子，希望能给自己带来好运。

昌迪喜欢小普什帕叫他念故事给她听。不过，他从来不会从头开始念，因为他觉得把书翻到哪一页，哪一页才是要读的故事。他看着小普什帕，再次发现尽管她个子和年纪都是孤儿院里最小的，但她的眼睛又圆又大，活像科伊巴游戏里的石子。昌迪闭上眼睛，翻到《饥饿公主》。他本来就会讲这个故事，所以挺高兴的。《饥饿公主》是一个爱情故事，讲的是古印度一个美丽的公主，想嫁给意中人——一个穷苦农民的儿子，国王死活不同意。所以她决定绝食，想要以此结束自己的生命。国王没想到女儿会做这样的傻事，但公主很勇敢，就是不吃东西，在她忠诚的感召下，庄稼也停止生长了，整个王国的人都得忍饥挨饿，最后，国王不得不同意将女儿嫁给农民的儿子。

最先是萨迪克太太把这个故事念给所有孩子的。后来昌迪想了想，为什么萨迪克太太在讲这个故事的时候并不开心，也许是觉得自己的遭遇跟故事大相径庭，尽管她讲故事的时候语气平和，但昌迪看得出来，萨迪克太太一点也不相信那个故事。他现在更加确信了。但是小普什帕无论听到什么故事，都深信不疑，这让昌迪很高兴。到时候，他没准还能跟她讲讲色彩的魔力。不过，就在他准备开讲的时候，萨迪克太太进入房间。

"大家都坐到地板上来，"她说，"我有件重要的事情要跟你们讲。"

昌迪合上故事书，跟小普什帕讲，等萨迪克太太讲完事情，就会给她念故事。小普什帕从昌迪手里拿过那本《月亮妈妈》，不无羡慕地看着《饥饿公主》的插图，公主为穷苦农夫的儿子哭泣时，黑色的长发遮住了她的脸。怕鬼的男孩顿珠则挨着他俩坐在旁边。

几个玩科伊巴的男孩很不情愿地停下手中的游戏，因为那个男孩已经连赢了四把。他跟另外两个人说他想创造五连胜的纪录。但瞥了一眼萨迪克太太的眼神后，他将石子一枚枚拾起来，坐在索纳尔旁边。索纳尔早就托着下巴，在那里等着了。

昌迪从木柜门上的镜子里看着萨迪克太太。她一副弱不禁风的样子，额头上青筋暴起，好像比刚才在办公室还要累，想必不是什么好消息。

他想起上次萨迪克太太讲的事，跟巴布里清真寺有关。那座清真寺是十二月六日遭到破坏的，那天正好是小普什帕的生日。萨迪克太太几天后才将这事跟大家说，那时候孟买已经发生了骚乱。

接下来的几天，昌迪无意中听到拉曼跟乔蒂说，因为萨迪克太太是穆斯林，出了孤儿院不安全。穆斯林开的商店被洗劫一空，被一把火烧得精光。穆斯林无论男女老少都会受到牵连，警方压根儿就不保护他们。拉曼建议萨迪克太太穿纱丽，而不是传统的莎尔瓦卡米兹。如果真要出去，也许得假扮成印度教教徒才行。但昌迪说什么也不信，毕竟拉曼是个酒鬼，说的话当不得真。

萨迪克太太的话把昌迪的思绪拉回现实中。

"有些人我是看着从小不点长到这么大的，现在我都抱不动了。"

她的嘴角露出一抹微笑，看着索纳尔，她正在拨弄那件绿色的裙摆。索纳尔容易走神。见索纳尔没在听，昌迪很生气。

"索纳尔，你是两岁时候到这里的。"萨迪克太太说，"你现在多大了？"

索纳尔听见自己的名字被叫，抬头看着萨迪克太太。她举起手准备回答。这是萨迪克太太教的，大伙在一起的时候，想要发言得先举手。

"你多大了？"萨迪克太太重复了这个问题。

"九岁啦。"索纳尔答道。

"我们这里有个男生马上就要成年了。"萨迪克太太说，"谁能告诉我是谁呀？"

小普什帕指着昌迪。昌迪垂下头，因为他不喜欢被人关注。比人家早出生有什么了不起的？他至今都没做过什么了不起的事。

"你们都知道，这家孤儿院以前是卡玛夫人的。"萨迪克太太说，"如今，H.P. 卡玛夫人已经去世三十年。据说她既没有丈夫也没有孩子，于是决定死后把她的家留给像你们这样的孩子。"

"这些我们都知道了，她为什么又说这档子事呢？"昌迪想。现在，他确信不是什么好消息，因为萨迪克太太在浪费时间，而且说话的时候还盯着自己的脚。

"但现在出问题了。"

说话间，萨迪克太太将腰身和头挺直了，但昌迪知道她说的肯定还是坏消息。

"三个月前，我收到一封信。是孤儿院的受托人写的……所谓的受托人也就是管理这个地方的人。有个男人冒出来，向受托人证明他是卡玛夫人的孙子。"

萨迪克太太再次盯着自己的脚，双臂抱怀，挠了挠手肘。

"所以那些受托人只得把这个地方还给他，他们听说他准备在孤儿院的原址上建一栋房子。我求他们好歹给我们个安身的地方，哪怕小一点也没关系，只要是个安身的地方就行……今天三点钟他们给了我最终的答复。"

坐在昌迪旁边的小普什帕打开《月亮妈妈》，翻看着，这时，她停下来看着一幅插画，画面上的小孩将一座山拿在手里，正准备吃。小普什帕看着昌迪，指了指男孩张开的嘴，咯咯地笑起来，但昌迪正全神贯注地听萨迪克太太说话。

"现在的情况是，受托人叫我们搬离这家孤儿院。再有一个月咱们就得走了，到时候，孤儿院会被推倒，这里会建一座高楼。"

昌迪的心头顿时生出一团无名火，生萨迪克太太的气。她在三个月前就知道这件事情了，干吗现在才告诉他们？这段时间她却瞒得死死的，像是这样就会帮助他们似的。那些受托人到底什么来头？他们为了盖房子连孩子们的死活都不顾了吗？

"跟他们说我们不走。"昌迪道。

"我们没的选择，昌迪。"

"这是咱们的家。"

"可房子是他们的呀。我们无能为力。人生就是这样，有时候你只能眼睁睁地看着却什么也做不了。其实我们还是挺幸运的，在这里待了这么多年。那些在街上流浪的人更可怜。"

"可是外头不正是你想让我们去的地方吗？"

"我没打算让你们去任何地方。这由不得我。不过，我正在努力想办法，给你们找个别的去处。"

"在哪儿？"

"普纳。"

"普纳在哪儿？"

"离我们这儿有三小时的火车。我认识那里的一位牧师，是布拉冈萨神父。他也管理着一家孤儿院。我已经给他写信了。"

"咱们要离开孟买吗？"

"我也想在孟买找个地方，可压根儿就没有。而且我觉得越是远离这座城市，就越安全。有时真的挺危险。你们知道十二月多吓人吗？据说暴乱还没结束，冲突和抢劫事件还会发生。"

每回萨迪克太太这么说的时候，昌迪老不高兴。不能因为她的生活出了乱子就意味着他们的生活也会出问题。她又没瞧见过暴乱。他在脑海中见过孟买的样子，那里好着呢。

"要是布拉冈萨神父不同意呢？"昌迪问。

"他不会的。"萨迪克太太说，"听着，现在谈论这些没意义。我们会找个地方的。现在，我们所能做的只是祈祷。"

萨迪克太太的手拂过白发，领着孩子们来到祈祷室。小普什帕将那本故事书留在地板上，她和昌迪是最后进入祈祷室的。

昌迪看得出来，萨迪克太太很害怕。她经常在祷告之前站在耶稣像下面，跟孩子们说话，但今天却跟孩子们跪在一起，低着头轻声说："把所有的情况都告诉耶稣吧。"

昌迪不知道他们沉默了多久，但是，祈祷结束的时候，他感觉所有孩子之间的距离拉近了些。

萨迪克太太头一个站起来。所有孩子经过她身旁，出了祈祷室，谁也没说话。小普什帕经过萨迪克太太身边时，拉了拉她的手，像是她不愿意一个人走到隔壁房间一样。但萨迪克太太并没有离开。昌迪在队伍的最后面，目光在她身上逡巡。萨迪克太太叫小普什帕继续走。

昌迪心里藏着怒火，因为他听到了真相。在他看来，要是萨迪克太太今天这么容易就把真相说出来，那这么多年来她藏在心头的秘密总该告诉他了吧。

"你得把真相告诉我。"他说。

"我刚才就说了呀。"萨迪克太太答道，"咱们现在没有家了。"

"不是孤儿院的事。我想知道关于我自己的真相。"

"昌迪，我跟你说过无数次。我什么都不知道。"

"你撒谎。"

"我真的什么都不知道，我向你保证。"

"那你得以耶稣的名义发誓。"昌迪仍旧不依不饶。

"我一直是这么做的，经常以耶稣的名义起誓呢。"萨迪克太太叹气道。

"把你的手放在耶稣像上再说。"

昌迪知道以前萨迪克太太对他撒过谎。她也曾以耶稣的名义发誓说对他父母的事毫不知情，但她从来没把手放在耶稣像上。萨迪克太太只是摸着耶稣的脚。

"我对你父母的情况一无所知。"她说。

"你还在撒谎。"

"你为什么这么认为？"

"你刚才说这话的时候手从耶稣的脚上挪开了。"

"昌迪……你别老打听你父母的事了。"

"那我向你打听点别的事呗。"

"敢情好。"

"你还记得上回我跟你说过，我趁一个玩科伊巴的男孩睡觉的时候踢过他？"

"记得。"

"我怎么跟你说来着？"

"你只是说踢过其中一个男孩。"

"你知道我为什么跟你说这事吗？因为我跟你一样喜欢撒谎。求你告诉我吧，求求你了，萨迪克太太。我非得知道我父母的事不可。"

"可现在说这个又有什么用呢？"

"我到时候就不会再想这事了。有时候晚上我也会想，他们是不是不小心把我弄丢了，说不定现在还在找我呢。"

"昌迪，做这样的梦对你没什么好处。"

"那你把真相告诉我呀。"

接着是一段长时间的沉默。昌迪希望萨迪克太太能够打破沉默，再次重复那句她说了无数次的话，她对他父母的情况毫不知情。

"萨迪克太太，你将那封信足足藏了三个月，咱们现在连家都没了你才说，这下你看到后果了吧。"

"昌迪……"

"我知道你为什么要送我们去普纳。"

"你什么意思？"

"你就是不想照顾我们了。"昌迪说这话的时候直勾勾地盯着萨迪克太太。她脸上露出难以置信的表情。昌迪过去从没用这种态度跟她说过话。

"昌迪……我也无能为力。这种事也由不得我。受托人说了算。我已经把真相告诉你们了。我向你保证。"

"那就再把我父母的真相也告诉我。"

"你可能不爱听。"

"告诉我吧。"

"你再好好想想。"

昌迪想告诉萨迪克太太，他这辈子都在想这档子事。某些晚上，他会独自站在孤儿院开着的窗户旁，祈求父母会回来找他，但他只会在刮大风的晚上这么做，希望风能将他的话捎给他们。有时候，他会盯着镜子里的自己，寻思哪儿长得不招父母待见。他想告诉萨迪克太太自己为什么成天站在院子里。那是因为他有一回做了个梦，梦见自己站在院中，一男一女朝他走来，他突然朝他们飞奔过去，很快扑倒在他们怀里，因为他在心里认出了他们，整个院子都在为他高兴，尤其是那些三角梅……

"昌迪，是你爸爸把你落在这里的。"萨迪克太太尖锐地说，"他再也不会回来了。我想你还是不知道的好。"

萨迪克太太的话一出口，昌迪便被她说话的态度吓到了。她朝窗前走了几步，看着院子，取下眼镜，将手背在身后，继续慢慢道："我见过你爸爸，你爸爸将你留下的那天我看见他了。那是一个下午，我刚吃完饭。那时，我们还有只叫拉尼的狗，现在已经不在了。拉尼本是一条非常温顺的狗，但那天它却破天荒地叫起来，平日里只会在有人撒腿跑的时候才叫。不知道怎么回事，拉尼就是见不得人跑，它自己也从不跑。尽管一般的狗喜欢跑，喜欢追逐，它却像个女王似的，只会踱着步走路。"

"你瞧见什么了？"昌迪问。

"我走到窗前，看到一个男人在跑，正好瞧见他从孤儿院里跑走了。"

"他长什么样？"

"他从孤儿院跑走，我心里怪难受的。每次有人把孩子扔在这里的时候我都会有这种感觉，从没消失过。"

"那人长什么样，萨迪克太太？"

"我看着那个男子，又看着拉尼，狗仍在放肆地叫。它在井边，旁边有个白色的包裹，你就在里面。"

"那人长什么样？"我就想知道这个，昌迪心想，告诉我他长什么样啊。

"他好像很害怕。我没看到他的脸，只看到背影，但即便只看到背影，我也能感觉到他很害怕。"

"那是我爸爸吗？"

"是的。"

"可是你怎么知道哇？"

"我能从他跑的姿势瞧出来。"

"你什么意思，萨迪克太太？"

萨迪克太太叹了口气："看到他跑步的姿势，就什么都能看出来了，昌迪。可以看出他非常爱你，也能看出他是逼不得已才把你扔在这里，然后飞快地跑开了，因为要是走的话，根本没办法离开你。当然，也有可能是怕被人抓。还是你来揣摩里面的意思吧。"

"你看到他的脸了吗？"

"没有。"

"你确定吗？"

"倒也不确定。"

"你是说看到他的脸了？"

"事情是这样的，昌迪……他的背影我看得很清楚，这么多年过去，他的样子也慢慢成形了，在我的脑海里，他的样子跟普通人没什么区别，脸跟我丈夫的脸，跟角落里卖蔬菜的那个男人的脸，跟别的人没什么两样……长相压根儿就不重要了。"

"萨迪克太太，我不明白你说这话是什么意思。"

"意思是说我并没有看到他的脸。对不起。"

"你为什么就没看到他的脸呢？"昌迪在心里问萨迪克太太。这才是最关键的地方。

"可还有些别的线索，"萨迪克太太说，"我仍然留着那块裹你的白布。你想要吗？"

"白布？"

"你应该留着。看一眼就行。我马上回来。"

昌迪等在那里，摩挲着耶稣的脚指甲。他看着耶稣的脸，想寻找生命的迹象，却并没察觉。

萨迪克太太再次站到昌迪面前，手里拿着一块白布。那块布并没有丝毫特别的地方，昌迪心想。老人手里只是一块皱巴巴的布。

"你当时就是被这块布裹着的。"她说。

"你为什么还留着？"

"因为上面有血。"

她将那块白布塞到昌迪手里，不敢看他的眼睛。

昌迪从她手里接过白布，看到上面有三滴血迹，像是特地留给他看的一样。

"这上面的血印是怎么回事？"他吃惊地问道。

"我也不知道。不过我也经常想这个问题。"

"这是我的血吗？"

"不是，当时你身上很干净。"

"是我爸爸的血吗？"

"那个人要是你爸爸的话，那就是他的。所以我才一直留着。"

昌迪听着她的呼吸声。突然间，他像能听到房间里的每种声音，哪怕是最细小的动静。

"昌迪，你现在多大了？"萨迪克太太轻声问道。

"十岁。"

"你不再是十岁了。"

"什么？"

"你不再是十岁。年龄已经无关紧要。你现在是个男子汉了。是我让你变成现在这个样子的。请你原谅。"

萨迪克太太离开房间。昌迪呆若木鸡地站在那里。

他脑中思绪万千，甚至不能称之为思绪，有的只是一些诸如"血迹""跑了"这样的词语，他想象自己是放在井边的白布，一个把送它过来的大人吓得逃之夭夭的包裹。

Chapter 2

新生活开始的瞬间

　　他告诉自己必须坚强，都已经十岁了，得找到爸爸。这个任务可不轻，他不能因为饿肚子这样的小事就泄了气。

午夜，所有孩子都进入了梦乡。昌迪饥肠辘辘，后悔没吃晚饭，可他之前并没有胃口。

　　现在，昌迪知道必须在孤儿院把他赶出去之前先离开这儿。他一骨碌从床上坐起来，四下看了看，借助卧室角落里挂着的那盏小灯泡昏暗的光，蹑手蹑脚地来到门厅，踩过孩子们的胶鞋，来到孤儿院的大门那儿。他小心翼翼地滑动门闩，生怕吵醒别人。门闩"嘎吱"响了一声，不过，他安慰自己在这样的夜里，这么小的声响没什么要紧的。

　　他打开门，走进夜幕中，径直朝那排三角梅走去。黑暗中，他看不清花的颜色。但他在心底点亮了花瓣，过了一会儿，便看到粉色和红色的花朵。他喜欢黑暗中靓丽的颜色。

　　这时，昌迪的脑海里闪出一个可怕的念头。要是他们拆掉孤儿院的时候把三角梅也拔了怎么办？他这辈子也就喜欢这些花了。不，花不会有事的，他想。房子也许会高高矗立，但枝丫会从水泥地里破土而出，继续往上生长，三角梅就有这样的本事。

现在，他终于明白了为什么要在黑暗中看那些三角梅。他是在跟它们道别。如果必须在白天离开，那他肯定受不了。他感谢花儿在他面前绽放色彩，接着，他飞快地冲过去，亲吻了那些薄如蝉翼的红花，根本不在乎会不会被刺扎到。它们爱他，昌迪想，花瓣沙沙地拂过他的皮肤，也不介意被人从睡梦中唤醒。昌迪说他有个不情之请，希望能摘几片花瓣带走，但愿不会对它们造成太大的伤害，于是，他将花瓣塞在了口袋中。

他还必须做最后一件事情。

昌迪回到孤儿院，他用不着收拾行李，因为除了先前那块上面有三滴血的白布外就一无所有了，不管会不会给他带来好运，他都会带上那块布，别的东西就不用拿了。他将那块布像围巾一样围在脖子上，手里拽着几片红色的花瓣，沿着短短的走廊进了萨迪克太太的办公室。这会儿，她在地板上酣睡，昌迪能听到她轻轻的呼吸声，他没打算叫醒她，因为也没什么好说的。都这个时候了，再去道谢就显得有点傻了。她内心肯定知道昌迪会感谢她所做的一切。

他将几片花瓣放在萨迪克太太的办公桌上，随即又改变了主意，还是把花瓣放在她的脚边。昌迪立在一旁，心里默默说着感谢的话。他这辈子从没拥抱过她，现在好想抱一抱，却又不想吵醒她。

他跑到走廊上，出了大门，来到院中。

他没有停下来回头看，也不知道会不会哭，但他已经不在乎了。他越跑越快，很快离院墙只有几米的距离了，他知道自己马上要进入另一个世界。

如果爸爸从我身边跑了，那我现在就得追上他，昌迪一边跑，脑子里生出这样的念头。他得跑起来，因为爸爸比他先出发，他们之前隔得老远，隔着遥远的时光。

昌迪这样跑还有一个原因。他害怕要是像平常那样走路，如果不能立马穿过狭窄的街道，萨迪克太太可能会醒过来，叫他叛徒，因为他抛弃了她和别的孩子。所以，即便街上的碎玻璃扎进他的脚底，他也顾不上了。他越跑越快，想赶上前面的卡车。

卡车的大铁链重重地敲打着墨绿色的后门。昌迪以前从没追过卡车，不过他见过别的孩子干过这事，车的后门上印着一朵白莲花，下面是一行字：伟大的国家印度。他知道要是掉下来，摔倒了，皮肤准会被水泥马路磨破，骨头也会摔断，这样开始新生活可不行。所以，他死死抓住铁链，双脚蹬着路面。

他跳上的是一辆垃圾车，里面全是腐烂的食物。垃圾车绕过拐角，一只正在用餐的老鼠突然颠了出来，"嗖"一声从昌迪的胸口蹿过去。他想站起来，但转念一想，要是被司机发现了，可能会生气地把车停下来。于是，昌迪只得待在垃圾堆里。那只老鼠又溜到发霉的面包前，车厢侧面有道裂缝，更像个大洞，昌迪朝洞口爬过去。这会儿，卡车加速了，风把垃圾吹得撒落一地。

　　城市从昌迪跟前闪过，但昌迪没法看清它的全貌，只能通过那个洞口看到零星的部分。他看到一些小商铺的钢卷闸门放了下来，乞丐在底下睡觉，流浪狗朝一棵树走去，有的狗还瘸着腿，但其他狗似乎快活得很。卡车行驶很长一段路后，马路被挖开了。一个棕色的圆筒里生着一小团火，一群建筑工人在附近抽着小烟卷，好些住在贫民窟的人拿着桶鱼贯而过。到目前为止，还没有任何不同寻常的事发生，也没有瞧见萨迪克太太嘴里说的暴力迹象，昌迪深感庆幸。

　　卡车又拐了个弯，昌迪再次失去平衡，垃圾一股脑朝他涌过来。他仰面朝天摔了一跤，原来天空到哪儿都是一个样。不管城市看起来有多奇怪，如何变化，只要抬头望着天空，就能看到熟悉的东西。无论在哪儿，天空都是一个开阔的空间，不仅属于他，也属于世界上的任何一个人。此刻，他感觉离孤儿院很远了，想跳下来，主要是受不了那股气味儿，但在这么快的速度下跳下去除非脑袋被门挤了。要是白天，卡车会在拥挤的车流里慢慢行驶。晚上空空荡荡的街道让他吃惊。卡车经过一座桥，昌迪看到四周是直冲云霄的烟囱，像是跟天上的云彩成了朋友。公寓楼离桥很近，能直接看到房间里的动静：一个老头儿坐在镜子前刮胡子。他为什么大半夜干这事呢？卡车从桥上下来的时候，马路也变得狭窄了，他右边有两名警察坐在边境检查站外头的凳子上。一名警察嘴里叼着烟卷，另一名则用手撑着下巴，看起来是在打瞌睡。

　　垃圾车冒着烟一路驶过街道，那两名警察变得越来越小，最后消失在视线中。这时，有四辆还是五辆摩托车超过了卡车。那些小伙子骑在摩托车上飞快地超越卡车时，衣服被风吹得鼓鼓的，然后突然拐了弯，几辆车挨得很近，看起来怪吓人的。

　　昌迪突然听到音乐从扬声器里响起，虽说是晚上，但能听到歌声令他很欢喜。卡车慢了下来。也许司机也想听听这音乐声，昌迪没有浪费机会，爬到卡车边缘，跳到街上。不管车开得多慢，但还是不习惯从开着的车里跳下来，他失去了平衡，一个趔趄往后倒去。在地上躺了好几秒钟。好在没摔坏，他暗暗对自己说。确实毫发无损。

　　他前面的建筑物亮着灯。那是一栋古老的建筑，只有三层高，但所有楼层都亮着红绿色的灯，小灯泡连成线，有时甚至还会转换方向不停闪烁。阳台上的扬声器播放着最动听的印度音乐。他觉得选对了地方。哪里有音乐，哪里就是快乐的地方。

　　他看到一名男子躺在一张轻便小床上，用一只胳膊遮住眼睛。看到小床后，昌迪不由得问自己今晚要睡在哪里。也许哪个好心人会把他让进屋子，给他吃的。他擦干脸上的汗珠，垃圾的恶臭味仍然挥之不去。

　　音乐声停了。楼里的灯光仍然亮着，不过不再改变方向，宛如红红绿绿的星星镶嵌在那栋楼里。他好希望孤儿院也有这样的灯，那样至少还有东西可以看。

昌迪开始担心吃饭的问题了。他可是一整天都没吃东西了。之前因为在祈祷室里，一点也没觉得饿，所以没顾上吃晚饭。也不知道几点了，他寻思着，可转而在心底说，就算知道几点又有什么区别呢。前面，几个人坐在椅子和凳子上围成一圈，所有人都在抽烟。有时还会有人大声嚷起来，他们当中的那个老人不停地咳嗽。昌迪后悔不该离他们这么近，因为每次看到他们仰着头吐出烟雾都让他怪不舒服的，他们像是一点也不尊重天空。

一间公寓的窗户是开着的，一个蓝色的塑料袋慢慢飘到地上，落在一辆人力车上。昌迪发现那辆人力车没有轮子，破旧的车子看起来像是被人丢弃在那里的。锈迹斑斑的金属车身牢牢地插进地里，让那辆车看起来像是从马路里长出来的。

人力车旁边有一堆水泥砖，垒得高高的，昌迪看到两个人在上面睡觉。两人的年纪跟他相仿。让他吃惊的是，尽管睡在水泥砖上，两个孩子好像睡得特别香。

轿车引擎发出的"嗒嗒"声令昌迪转过头来。一辆出租车停在大马路上。司机一只手推着车，另一只手从车窗伸进去打方向盘。乘客也遵照司机的吩咐在后面推车，一个女人坐在车后座，绿色的纱丽被车门卡住了。

两名正在抽烟的男子发现了抛锚的出租车，把烟扔在地上，朝马路这边走来。他们来到出租车旁，司机钻进车里，两名男子跟乘客一起用力推车。

昌迪在心里想，要是他有力气的话准会帮忙，要是吃了东西也行。他走路的时候一瘸一拐，抬起脚发现脚掌流血了。他记得从孤儿院跑出来的时候，踩在了碎玻璃上。他单脚跳着来到房间洒出的光亮处，坐在地上，借助光亮检查脚掌。上面有几道口子，连玻璃都能看清。他小心翼翼地把碎玻璃拔出来，然后数了数还有四块，他有的是时间，可现在又累又饿。昌迪尽量不去想去哪里找吃的，玻璃暂时分散了他的注意力，他顾不上饥肠辘辘的肚子，但他知道只要把碎玻璃全部拔出来，饥饿感会再度袭来。

他告诉自己必须坚强，都已经十岁了，得找到爸爸。这个任务可不轻，他不能因为饿肚子这样的小事就泄了气。

早上，没有了闪烁的红绿灯，那栋楼看起来不一样了。昌迪看着将小灯泡连在一起的电线，一圈圈地缠绕在每间公寓上，房子上凿出的小孔清晰可见，几株野生的植物还从下水道管子里长了出来。

昌迪几乎整晚没睡，饥饿感仍没消退。为了分散注意力，他朝一堵挂着电影海报的白墙走去，海报上是一名警察，戴着墨镜，一把枪贴在脸上，闪闪发光的枪俨然成了电影的主角。墙上还有张老虎的海报。

他从老虎身上移开目光，发现墙上有个水龙头。他拧开水龙头，那玩意儿发出嘎吱嘎吱的声响，冰凉的水从里面流了出来。他四下看了看，想知道有没有人在看他，不过现在天色尚早，大部分商铺都没有开门。街上很安静。他将手合成杯状喝水，但这样太慢了，他索性弯下腰，嘴对着水龙头咕咚咕咚地喝起来，使劲儿往肚子里灌，只是因为喝得太多、太急，他才停了一会儿，瞧见一辆牛车经过马路，车上拉着一大块冰，上面盖着锯屑。接着，他又喝起来，把肚子灌饱后，再次将头放在水龙头下面，把头发淋湿，还擦了把脸，最后，他在水龙头下用脚底和脚背互相搓着，终于把玻璃冲走了。

他决定在这个新地方到处走走，很快来到昨晚几名男子围成一圈坐着、朝天空吞云吐雾的地方。他看到街上有几条木凳，一排摩托车停在街边，还看到了那辆废弃的人力车。车比昨晚看起来还要旧些，一边车身凹进去一大块，像是曾发生过交通意外。

昨晚出租车抛锚的大马路上，两棵椰子树高高耸立在街灯上方，因为没有风，椰子树没有摇曳。那里还有个巴士站，一名男子靠着巴士站的底座，用手绢擦拭眉毛。巴士站后面是一家关门的店铺，旁边有个卖杂志的小贩，他将杂志挂在一根绳子上，绳子就像拴在两根建筑管上的晾衣绳，昌迪喜欢看杂志在绳子上翻飞，像随时都会飞出去一样。

他再次面对那栋楼。尽管墙体看上去斑驳陈旧，但公寓楼的窗户却五颜六色。有些窗框刷成了粉红色，玻璃则是蓝色的，晾衣绳上挂着红色的毛巾、绿色的床单，还挂着一个红色的小桶。有人居然会把桶挂在绳子上，昌迪觉得好生奇怪。

那栋建筑物的一楼是座小神庙。昌迪之所以一眼瞧出那是一座庙，是因为尽管那栋楼是棕色的，那部分却是橙色的。而且，还有个老妇人在外面卖花环。她蹲在一个小摊前，将漂亮的金盏花和白百合编成花环，编完一个，就挂在货摊顶上的钉子上。也不知道她要编多少个，昌迪想。到时候，花环会像幕帘一样遮住她，如果要跟顾客说话，她得像新娘一样拨开花环探出头来。不过，老妇人并没有瞧见他。

前面有个烟卷店，昌迪强忍着没去看放在玻璃罐上的一袋面包和罐子里的发酵饼干。他扭过头，加快脚步朝一家诊所走去，从白色板子上面印的红十字架能够看出那是诊所。昌迪知道板子上列出的名字都是医生能诊治的疾病，他不由得想，也不知道医生会不会把他们没法治愈的疾病写在上面。我希望永远不要看医生。他想。

昌迪觉得有必要将新地方好好观察一番。他对孤儿院的一草一木都了如指掌。这时，他回头朝神庙走去，希望管理神庙的人能大发善心给他点吃的。

但神庙大门紧闭。上面还有把铁锁。他透过窗户的铁栅往里瞧。这回，那个编花环的老妇人终于瞧见他了。她将一朵金盏花扔在地上。昌迪正要冲过去捡起来，花却掉进了下水道。

他再次往神庙的窗户里瞧，想看看里面有没有神灵，但光线太暗。神庙里连光都没有，如果神灵连发光这种简单的事都做不了，还算哪门子神灵呢？但他仍然感觉暖暖的，想来那个神灵至少是个热心肠吧。

一名男子匆匆从神庙的台阶上走了下来，手里拿着一个黑色的文件夹。那人头发油光发亮，梳了个小分头。男子看了一眼手腕，飞快地走了，但昌迪发现他并没有戴表。

饥饿再次向他袭来，看来必须尽快找到吃的，否则准会头晕恶心。他还没习惯不吃东西上路，因为一出门就没什么气力。尽管他每天在孤儿院吃的都是同样的食物，但至少还能为他提供能量。饥饿让他明白一个道理，尽管他的肋骨从白背心里凸出来，但至少还在身体里，如果他今天不吃东西，肋骨一准会更加凸出，等他睡觉的时候，肯定会从肉里伸出来，到时候这里的人会看到一个男孩的肋骨像獠牙一样从身体里伸出来，肯定会被吓坏的。

于是，昌迪深吸了一口气，朝烟卷店走去。来到木柜台时，他打量着店主的脸。那人的脸很小，下巴和面颊上留着白色的胡楂。他看上去跟昌迪一样弱不禁风。昌迪心想，那人的烟卷店里全是糖果、面包和香烟，可为什么会落得这般田地呢？不过，昌迪转念又想，也许这就是他瘦骨嶙峋的原因吧，这人没吃东西，准是把所有时间都花在抽烟上了。

“你想买什么？”店主问。

“我……你能给我点吃的吗？”

“你有钱吗？”

“没……我没钱，但只要给我一小块面包就行了。”

“你没钱？”

“是的。”

"一小块面包就可以了？"

"我从昨天开始就没吃过东西了。"

"好吧。你想要什么就拿什么。"

昌迪一度不敢相信自己的耳朵。

"你想要什么就拿什么。"店主再次说道，"你想要饼干吗？"

昌迪还没来得及回答，那人就要揭开饼干罐。

昌迪希望他快点揭开罐子，免得改变主意。不多一会儿，罐子果然揭开了。

"来吧，"店主说，"拿呀。"

"我能拿多少块？"昌迪问。

"你想拿多少就拿多少。"

"我想拿三块，谢谢。"昌迪说。

"拿吧，拿吧。"

昌迪将手伸进玻璃罐中，店主"嘭"的一声将盖子重重地砸在昌迪的手腕上。

昌迪痛得尖叫起来。

"你这个小偷！"店主大声喊道，"你先是在我的店里偷，现在又来讨？"

昌迪一头雾水，手腕仍然生疼。

"昨天就有你们这样的贱种来偷油！要是再让我看到你进这家店，就活剥了你！"

昌迪看到店主满脸怒气，所以他甚至都没有为自己辩驳，只得撒腿就跑，经过神庙时甚至都没瞧一眼里面的神灵，跑到水龙头跟前停下来。他手腕痛得要命。这是他到城市的第一天，没有听到一句好话，反而遭了一顿辱骂。也许店主抽烟把心熏坏了，所以才这么恶毒。昌迪突然觉得累了，便坐在水龙头下面，让跟雨水一样冰凉的水哗哗地兜头流下。

水龙头咕咚响了几声，没水了。

太阳炙烤着昌迪的脖子，汗水顺着他的后背直往下流。他想坐在某家店铺的阴凉处，或者树的遮阴处，但他总算明白了，想要填饱肚子，他必须找份活儿干。

于是，他在商店周围好好找寻了一番，想看看哪个地方需要清洁工。他见过乔蒂打扫孤儿院，每次她要是没来，他都会帮萨迪克太太打扫屋子，所以会干这活儿。他站在希林咖啡馆的外面，那是一家供应莫格莱菜、旁遮普菜和中国菜的餐厅。但一个光头坐在柜台后面，正冲餐厅里的工人大喊大叫。现在去找他可不是什么好时机。

接下来他找到一家里面装着空调的时装店，名为普什潘精品店，这家店也不行，因为他压根儿就不敢进去。他的白背心破破烂烂的，上面有好几个洞，一个礼拜没洗了，就连身上那条棕色短裤的松紧带也没了弹性。

　　就在昌迪提溜短裤的当儿，他发现一名老人正在街上看黑板上的广告。广告是用马拉地语写的，昌迪看不懂，但再次发现了先前看到的老虎。看完广告后，老人走上一家名为波亚酒馆的台阶。他进去时什么都没说，不过，想必是酒馆的常客，因为店家刚瞧见他，便离开柜台拿了一瓶酒出来。店家将酒瓶放在一个棕色的纸袋里。老人把酒放在袋中，莫非是因为他不好意思拎着酒瓶满街走吗？昌迪心想。展示柜里排列整齐的酒瓶让昌迪想起了拉曼。要是把拉曼这辈子喝过的酒瓶数一遍，那估摸这家酒馆都装不下。酒馆里有个很大的座钟，跟孤儿院的那个有几分相像。钟上显示的是三点钟。也不知道孤儿院现在几点了。昌迪刚生出这样的想法，便觉得真够傻的。他知道两个地方的时间肯定一样，但孤儿院似乎位于另一个世界。

　　挨着波亚酒馆还有个店铺，不过那家店的钢卷闸门是放下来的。一个老乞丐在店门外安了家。他就睡在一个大麻布袋里，头顶旁边的金属碗里有几枚硬币。阳光直射在乞丐的脸上，那人眯缝着眼睛，不甘示弱地望着太阳。虽然有几只苍蝇落在脸上，可他似乎一点也不在乎。他睁开眼睛，想要站起来，不过好像连站起来的力气都没有了。昌迪想要帮他，但担心老人是个疯子，说不定会打他。他可不想冒险，因为已经有人骂他小偷了。

　　他往回朝水龙头走去，经过那座神庙。

　　小诊所的窗户上装着铁栅，看起来像个棕色的牢笼。也许夜晚会有人潜入偷药。昌迪为医生的病人感到难过，每次昌迪发烧的时候，最讨厌的事就是没法看天空了。要是眼睛灼热难受，蓝蓝的天空可是灵丹妙药。

他在想为什么诊所还没开门呢。兴许是医生自己也病了吧，要是这样就没法给人瞧病了。他记得有一次萨迪克太太咳嗽得很厉害，不得不在床上躺几天。要是那时候哪个孩子生病了，就没人照顾他们了。

昌迪不愿去想孤儿院的事，于是从小诊所那里走开了。他正走着，感觉脑袋一阵发昏，突然脚一软跌倒在地。他听到自行车在他耳边发出响亮的声音，想试着站起来，却没能如愿。骑自行车的人及时从他身边绕了过去。"你眼睛瞎了吗？"那人冲昌迪吼道。昌迪也骂了，但他只是骂自己怎么这么脆弱，一天没吃东西都顶不住，不像个男子汉。准是天气太热了，他对自己说。现在，他一心盼着下雨，但知道这样祈求老天爷并没有什么用。他看着前面的水龙头，可不能在大街上昏过去。

他必须去水龙头那里，于是，他把两只手撑在地上，费力站起来。他感觉水龙头在他面前旋转，只得伸手抓住那玩意儿，这才没倒下去。

幸好又有水了。看到水哗哗地流出来他觉得都有劲了。他尽可能喝很多水，然后告诉自己肚子饱了。要是能让肚子相信它真的饱了，他肯定能站起来。他没跟肚子撒谎，因为肚子里真的灌了好多水。

尽管已经不渴了，但饥饿令昌迪非常虚弱。他就跟昨晚坐在水龙头下面一样，闭着眼睛听街上的动静，也不知道声音能怎样帮他，但闭上眼睛后，他就只剩下四周的声音了。起初，他想拼命辨别那些声音，因为街上会同时响起很多声音。但他刚听到自行车的声音，就知道该怎么做了，他必须利用声音去旅行，让"丁零零"的声音带他起来，跟着它去任何地方，不管是城里硬邦邦的街道，还是碎石小道和巷子。他感觉自己站了起来，尽管心里有个声音告诉他这不可能，但他叫这个声音滚一边去。自行车铃声逐渐变弱，换成了汽车的喇叭声，就像一头犀牛在负痛呻吟，但也有足够的力量把他从水龙头那儿带走，让他远离水龙头上面的海报。他闭上眼睛，面带微笑，因为汽车的喇叭声被十倍于犀牛叫声的卡车声取代了，他知道这样的声音会带他去很远的地方，就连电影海报上追坏人的警察都没法抓住他，他告诉自己如果运气好，饥饿也撵不上他。

红红绿绿的灯光暗了下来，没有灯，那栋楼就跟天空中的灰尘一样黯淡。这是一个无风的夜晚，所以，晾衣绳上的衬衫、裤子、床单、毛巾和内衣裤一动不动地挂在上面，绳子不堪重负垂了下来。昌迪怀念那些灯光，喜欢灯光在相邻的建筑物之间跳舞的样子。黑色的柏油在建筑物上留下一块块印记。也不知道这栋楼有多少年头了，他想，不知道当年在楼里出生的人是否还活着。一辈子真的可以待在一个地方吗？他特意想着这些问题，好分散注意力，这样就不会去想饥肠辘辘的肚子。这是第二个没有食物的晚上。

他靠着水龙头坐着，看着大马路。一辆出租车经过，司机的右手拿着一支烟，伸出车窗，另一只手打着方向盘。昌迪听见摩托车紧急刹车发出刺耳的声音，原来是一名老妇人冲了过来，骑摩托车的人扯着嗓子冲老妇人骂骂咧咧，老人也不甘示弱地回骂着。

一辆贝斯特双层巴士歪歪斜斜地驶过大马路。巴士里面十分亮堂，因为很晚了，巴士里面几乎无一人。一个留着长胡子的男人将头靠在前面座椅的扶手上。昌迪在想，也不知道这人有没有坐过站。

他取下绑在脖子上的白布，放在街上，也没在意会不会弄脏。除了上面的三滴血，那块白布也被汗水浸透了。他将头枕在白布上，躺下来。每次合上眼睛时，因为肚子饿得生疼，他又不得不睁开。

听到卡车声时，他想起不到二十四小时前的那辆垃圾车。早知道这样真该从孤儿院里拿些面包。萨迪克太太也会理解的。孩子们肯定都睡觉了，他却吸了一整天汽车尾气，转而想起了小普什帕，她要是在大街上生活，怕是都没法呼吸。

昌迪的眼睛不知不觉合上了，各种画面像电影胶片一样在脑海中闪过：孤儿院墙上的鸽子、朝他的脸微微颔首的三角梅，还有耶稣像。他在想不知道耶稣是否知道他离开了孤儿院。他甚至没来得及跟他道别。不过，接下来的几天要是昌迪没去祈祷，耶稣准会知道他离开了。

昌迪感觉耳朵旁边湿湿的。他睁开眼睛，瞧见一只狗。那狗就站在他前面，嘴里叼着白布，掉头就跑，虽然肚内空空，睡得也迷迷糊糊的，但昌迪知道他非得去追这只狗不可，因为这块布是他和爸爸之间唯一的联系。

尽管那狗跑得不是很快，平日里昌迪跑得可一点也不慢，但他发现很难追上那家伙，他能在街灯下看见那狗，狗跑过拐角处，只见它背上的毛发直竖，在街灯下闪闪发亮。想到白布上的三滴血可能是爸爸的，昌迪觉得浑身都有劲了，他往前冲去，结果狗却不见了。周围全是两层楼的旧建筑，狗可能拐进任何一条巷子里，大晚上哪能分得清。

昌迪弯腰，连胆汁都吐出来了，弄出的动静如同生病的动物在呻吟。他用手擦了擦嘴，然后将手在那条棕色短裤上揩了揩。他突然听见一串呜咽声，原来那只狗正站在一栋楼后面的大垃圾桶旁边，嘴里仍然叼着那块白布。不过，那家伙想爬到垃圾桶上面，可惜那玩意儿对它来说太高了。昌迪悄悄地来到狗后面，但被狗发现了。他尽可能张开胳膊，狗也肌肉紧绷，像是随时都会跳到他身上，昌迪看着那只狗，发现它又瘦又脏。他注意到地上有个蓝色的塑料袋，袋子湿漉漉的，里面像是装着什么东西。他拿起塑料袋，递给狗。可那只狗仍旧一动不动。昌迪轻轻地吹了声口哨，让塑料袋在它嘴边晃荡。然后，他将塑料袋高高扔向空中。狗一跃而起，白布掉在地上。昌迪趁狗嗅那个脏袋子的当儿，很快捡起白布。他撇下狗走了，狗伸出舌头在黑暗中喘着气。

在找到爸爸之前，我再也不会把这块布从脖子上取下来，他向自己保证。

昌迪再次将那块布系在脖子上，突然感觉像有人正在看着他，猛一转身，发现是一只进入下水道的老鼠。要是怕鬼的男孩顿珠在这儿，他准会说是鬼在跟踪昌迪。昌迪将布在脖子上牢牢地打了个结，开始往前走。

他看到马路当中有个桶，里面全是柏油。他要是有力气的话，一定会把桶推到一边。他没有理会那个桶，只是希望不会有人撞上去。这时，他听见有人在咳嗽，动静很大，那人准是病了。他往左边看了看，发现一间公寓里亮着灯。听到这样的咳嗽声，他立马想起萨迪克太太，昌迪知道她倒没有生病，只不过眼看着孤儿院就快没了，让她在短短几个星期里老了很多。他求助耶稣，为萨迪克太太做了个简短的祈祷，但只有那张印度电影海报上的女主角做出回应，她睁着一双硕大的眼睛看着他。

昌迪再次感觉背后有人，但他仍旧盯着海报和广告，发现即使在黑暗中，女主角的皮肤都闪着光亮。他还看到电影院的名字叫"梦幻世界"。大玻璃橱窗里展示的是正在上演的电影的海报和照片。他凑近看了看，海报上一名黑衣人从爆炸后冒出的熊熊烈火中腾空而起。一位母亲紧紧抱着孩子，愤怒地盯着一名拿枪指着他们的年轻人。一名警察骑着摩托车飞越一辆吉普车，昌迪惊讶地发现那名警察竟然是女的。

这时，昌迪听到身后脚步声响起。他猜得没错，的确有人在跟踪他。他记得萨迪克太太说过孟买也不再安全。可是为什么会有人要伤害他呢？萨迪克太太只是吓唬他们，不希望孩子们离开孤儿院到街上去。

他看见前面有个灯泡晃荡着，灯泡周围腾着蒸汽。原来是个货摊。有个老人在铁板上烤着热气腾腾的食物。这个点并没人来光顾老人的货摊，于是，昌迪朝他走了过去。尽管还没闻到食物的香味，他的肚子也还是翻腾得厉害。昌迪加快脚步走了过去，提醒自己一定注意方法，礼貌地请求老人给他点吃的。

昌迪正要靠近货摊，听到后面响起一个声音。"没用的。"

昌迪一转身，发现是个女孩，身形跟他差不多。她穿着一条褪色的棕色裙子，裙子对她而言显然太大，她还光着脚。手腕上戴着一个橙色的塑料手镯，头歪向一边，鬈发从脑门上垂下来。

"没用的。"她重复了一句。

"是你在跟踪我吗？"昌迪问。

巷子里很安静，只有远处传来汽车喇叭声和换挡时引擎发出的轰鸣声。

"这个老头儿一点吃的都不会给你。"女孩说。

"你怎么知道我要吃的？"

"瞧你这样。我这辈子从没见过这么瘦的人。你准是好几个星期没吃饭了。"

昌迪想要反驳说其实没那么长时间。不过，他真希望自己没这么瘦。

"你为什么要跟踪我？"他问。

女孩上上下下打量着昌迪，每一寸地方都没放过，昌迪突然感到尴尬极了，就像他是整个孟买唯一的男孩。他想喝水，只要把肚子灌饱水，就会变成大块头，可水龙头离这儿远着呢。

"跟我走吧。"女孩说。

"去哪儿？"

女孩转身就走。昌迪不知道怎么办才好。他想吃东西，又看了一眼那个小吃摊，一时拿不定主意要不要从老头儿那里讨点吃的。

"那个老头儿很小气，什么都不会给你。"女孩说，"但我会。"

昌迪信了她的话。他不知道为什么会有这样的感觉，但他告诉自己目前为止谁也不待见他。也许他马上就要时来运转了。所以，他跟上女孩，来到两栋楼之间的巷子里。昌迪抬头望着天空。他知道今晚有月亮，只不过被云遮住了。他周围建筑物的内墙是深蓝色的。

"低头走路。"女孩说。

"为什么？"

"你可能会踩到别人。"

昌迪低头看了看，发现果然有人躺在露天地上睡觉，谁也没有翻来覆去睡不着，他们的内心肯定很平静，他想。也许是因为他们被噩梦缠绕，吓得一动不敢动。

他还没弄清楚怎么回事，那个女孩领着他再次来到大马路。现在，他离那个波亚酒馆很近。他刚走上人行道，汽车前灯冲他的脸直射过来，害得他一个趔趄。被一道强光突然照在眼睛上，让他想起了自己空空如也的肚子，他一直觉得眼睛和肚子之间没什么联系，但他显然错了。

　　"坐着，"女孩说，"我马上回来。"

　　但是，她刚准备走，一个男孩出现了。他没穿上衣，皮肤很光滑，留着能瞧到头皮的寸头。唇右边到耳朵边有道很深的疤痕。昌迪惊恐地发现，男孩的右耳缺了一块儿，他肯定比昌迪大两到三岁，也很瘦，但街头历练似乎让他变坚实了，身上那条棕色的裤子卷到脚踝处。

　　"这是谁？"男孩问。

　　那个女孩小声在男孩的耳边嘀咕着什么，然后便从两人身边走开了。

　　"噢，不错，"男孩说，"他确实合适，只是太瘦了。"

　　"我才不瘦呢。"昌迪尖声说。可话一出口就觉得自己特傻。他当然很瘦啦。孤儿院里那几个玩科伊巴的男孩老是叫他会走路的棍子。不过昌迪倒也不在意，因为他总希望走路的棍子能变成打人的棍子，到时候非把那三个小子揍得屁滚尿流。

　　那个男孩把手伸进口袋，掏出一支烟卷，用火柴点燃了，但他没有将火柴扔掉，而是放进口袋里，然后像昨晚那些男的一样朝天空吐着烟雾。昌迪想为什么这个男孩要抽烟呢，为什么他要仰着下巴，朝上吐出烟雾，就好像烟雾非得朝上飘荡一样。

"你饿了？"男孩问。

"是的。"昌迪答道。

"但我们也没吃的了，都吃光了。"

男孩深吸了一口烟，然后从嘴里将烟卷拿出来，那一瞬间，男孩的黑眼睛在烟头的照耀下闪着光亮。他的眼睛可不像昌迪的，眯成了一条缝。

"你打哪儿来的？"男孩问。

"本地人。"昌迪决定不能跟他说实话，不能让人瞧出来他是新来的。

"本地人？什么意思……"

"我跟你一样，住在街上。"

男孩把烟卷递给昌迪。

"不，我不抽烟。"昌迪道。

"你不抽烟？你到底是不是男人哪？"

"我戒了。"

"你到底是从哪儿来的？"

"我不是说过了吗，我就住在这条街上。"

"是吗？那这条街叫什么名字？"

"我想叫什么就叫什么，一个名字有什么要紧的？"

昌迪不喜欢看这个男孩笑嘻嘻的样子，他知道这小子在考验他。

"如果你能说出这条街的名字，我就给你点吃的。"男孩说。

"你不是说没吃的了。"

"我骗你的。"

他再次吐出烟雾，烟卷只剩下半支了。

"还不说。"男孩道。

"狗巷。"昌迪说。

"你知道这街不叫这名。"

"这是我取的名字。因为这就是一条到处都是流浪狗的巷子。"

"你很聪明嘛。"男孩说。但他并没有看昌迪，而是看着越来越短的烟卷。"你能跑吗？"男孩问。

"任何人都能跑吧。"昌迪说。

"我就不能。"男孩说。

"为什么不行？"

"我让你看看。"

男孩将烟卷扔到地上，光着脚踩灭了，又将那根用过的火柴从口袋里掏出来，叼在嘴里。他刚迈出步子，昌迪就晓得他为什么不能跑了。

他的右脚绵软无力，只能跛着脚走。只见他用右手支撑着那条腿，想跑起来，一瘸一拐的样子有几分滑稽，不过他却自豪地冲昌迪笑了笑，像是刚才只是扮成小丑在昌迪面前表演了一番。他跨了几步，从嘴里拿出火柴棍问道："咋样？"昌迪本来想实事求是地说还不错，不过他现在跟这个男孩又不熟，觉得不应该嘲笑人家的残疾。

"你怎么老板着脸？"男孩问，"要么就是你的脸跟我的腿一样，一点知觉都没有。"

"我跟你不是很熟。"昌迪说。

"可你刚才不是说咱们都住在这儿，不是吗？怎么会不认识我？"他跟那个女孩一样，目不转睛地盯着昌迪的身体。

"我叫桑迪，"男孩说，"那个女孩是我妹妹，她叫古蒂。"

"桑迪，古蒂。"

"没错。"

"你的腿怎么啦？"

"你是觉得知道我的名字就可以问我问题了吗？"

"我想……"

"得了，我跟你开玩笑的，还是告诉你我的腿怎么了，我得过小儿麻痹症。可又有什么关系呢？不就是个名字。"

"就跟狗巷一样！"男孩大声说，"我喜欢这名。对了，你叫什么名字？"

昌迪还没来得及回答，那个女孩又出现了，一只手拿着一杯热气腾腾的奶茶。昌迪从奶茶的颜色瞧得出来，里面放了不少牛奶。另一只手里拿着一片面包，尽管面包看起来不怎么新鲜，不过昌迪可管不了这么多了。他站起来一把从女孩手里拿过面包，塞进嘴里，品尝着面包的味道，可惜只听到"咕咚"一声，面包很快从喉咙滑到肚子里。

接着，昌迪开始喝起茶来，他的手哆嗦着将杯子送到嘴边，吹了几下，想把茶吹冷，然后抿了一小口。奶茶没什么味道，但他不自觉地察觉到一股暖流。想多要点糖，但他提醒自己现在可不是在孤儿院里。

昌迪知道桑迪正在打量他，古蒂则站在哥哥身后。

"他最合适不过了，"桑迪再次说，"真是挺瘦的。"

"但愿他能跑得很快。"古蒂说。

"人家本来就跑得快。"昌迪道，尽管他不知道为什么要证明给他们看。

"那让我们瞧瞧呗。"古蒂说。

"现在吗？"

"是的。"她说。

"我现在还没有力气跑。"昌迪说。

他不喜欢跑的话题，爸爸就是身边跑走的。他想起萨迪克太太的话："他从你身边跑走的时候，简直把你当成了鬼……"也许她的原话不是这么说的，但昌迪听了她的话后就是这么觉得的，是他逼着爸爸跑掉的。现在，这两个人老是问他能不能跑，总觉得不是什么好事。但他们至少让他不再饿肚子了。

"你要找个睡觉的地儿吗？"桑迪问。

"是的。"昌迪答道。

"问他叫什么名字。"古蒂说。

女孩有什么问题都不直接问他了，昌迪不喜欢。她甚至都没看他。

"你叫什么？"桑迪问。

"昌迪。"

"啥？"

"昌迪。"

"这名字真奇怪。不过我喜欢。你知道为什么吗？因为这听起来跟我的名字很像呢。桑迪，昌迪。咱俩肯定能做个好搭档。"

桑迪一瘸一拐地走到昌迪身边，一只手搭在他的肩上。

"咱们肯定会成为一对好搭档。等着瞧好了。"

"我独来独往惯了。"

昌迪自己也不知道为什么要这么说，只是想在桑迪面前证明，他有本事在街头混下去。古蒂听后哈哈大笑。

"他说起话来就跟电影里的人一样。"古蒂说，"瞧他这么热的天还系着围巾呢。我真不该带他来。"

"我会好好训练他的，"桑迪说，"跟我们走吧，昌迪。我们的地盘在一棵树下。"

昌迪跟着桑迪，因为桑迪大半个晚上就说了这么一句实诚话，他们的地盘的确在树底下。他发现那棵树纹丝不动地立在那儿，连一片树叶都没有动。要说那棵树还真是奇怪，像从水泥人行道上凭空长出来的。等他靠近后，才发现树根旁边的泥土。那棵树看上去还真是有些年头了，想来人行道是之后围着树修建的。挨着树干的是一个用麻布袋和硬纸板拼凑起来的临时住所。布袋是由几根竹子和绳子支起来的。昌迪看到两个不锈钢碗、一包还剩下四片的面包、一个锈迹斑斑的马口铁盒、一个煤油炉。还有个旧木箱，上面刻着"Om"两个字母。

"欢迎来到我们的小窝。"桑迪说。

古蒂躺在麻布袋拼凑的小屋下面，愁眉苦脸地挠着脚指头。桑迪也躺在人行道上。他脖子枕着双手，望着天空。

昌迪也学着桑迪的样子躺下来。可问题是桑迪的眼睛一闭上，似乎很快就能呼呼大睡。可昌迪却发现今夜很难入眠。孤儿院里有床和干净的床单。可在这里，人行道凹凸不平，底下的石头和泥土硌得他后背生疼。而他只能呆呆地望着天空，希望无尽的黑暗能让他进入梦乡。

后来他问自己，妈妈是不是在天上住着。他以前也有过类似的想法，但今晚他真的确信不疑。这也是爸爸离开我的唯一原因，他想。看到我就会让他想起妈妈。她现在住在天上。总有一天她会出现在我面前。

昌迪望着浓浓夜色，想象着妈妈身体的轮廓。他将星星连成线，连成妈妈鲜活的样子。他选了一颗最大的星星，当成妈妈的头，跟平常一样，他想象妈妈那头长长的黑发倾泻而下，他没有把星星当成妈妈的眼睛，因为他曾梦见过妈妈，梦中，他见过妈妈的眼睛，跟他的一模一样，又大又黑，他想象天上的妈妈也是这个模样的。

未几，他闭上眼睛，听见孟买在呼吸：汽车的喇叭声、狗的喘气声，还有别的声响：有个女人在呻吟。

是的，他听得真真的，有个女人在呻吟。

他用胳膊支撑着站起来，看到地上有个身影，靠在他对面建筑物的墙上。天太黑，看不清模样，但那个人显然很痛苦。他瞥了一眼桑迪和古蒂，要把他们叫醒吗？要是我叫醒，他们说不定会觉得我害怕呢，他心里犯起了嘀咕。

可是昌迪又不能弃那个呻吟的人于不顾。他起身慢慢朝那个人走去，不料一脚踩在一个尖尖的东西上，不由得蹙起了眉头，祈祷千万别是玻璃，他的脚上已经扎了不少玻璃，结果发现只是个汽水瓶的软木塞。他走近女人时发现她眼睛紧闭，头靠在墙上，在那儿自言自语，但昌迪一句也听不懂。

昌迪正要扶着她的肩膀安慰时，却一下僵住了。女人的膝头上还有个婴儿，只有几个月大，纹丝不动地躺在那里。女人的脸上还有一道道脏印，昌迪凑近看了看，发现女人好几绺头发都不见了。她仍旧闭着眼睛呻吟。

昌迪离女人很近，甚至能感觉到她的呼吸。她眼角周围有不少细纹，脸上的皱纹也因汗渍和尘土变得黑黑的。她的嘴很干，没有一点血色。昌迪看着赤裸裸的孩子，用食指摸着孩子的小脸。婴儿仍旧没有动。睡吧，他在心里默念着，手指哆嗦着再次戳了戳孩子，这次是肚子，但孩子仍旧一动没动。

"你在干什么？"桑迪突然问。

昌迪猛地转过身来。

"别怕，是我。"

"我才没有怕呢。"

"你在干什么？"

"我只是……只是觉得这个孩子……状况不是很好。"

看到女人和她膝头的孩子，桑迪似乎并不担心。"去睡吧。"他说。

"可那孩子没有呼吸了。"

桑迪将一根手指放在孩子嘴边。"有呢。"桑迪说，"他在睡觉。别担心。"

跟着，桑迪捧着女人的脸，叫了声："艾玛。"

桑迪轻轻摇了摇女人的脸，她便不再呻吟了。

"你认识她？"昌迪问。

桑迪一只手搭在昌迪的肩膀上，领着他朝小窝走去。他不由得想，不知道桑迪这样的举动是在支撑自己的那条瘸腿，还是在向他示好。

"睡吧，明天还有事呢。"桑迪说。

"什么事？"

"明天告诉你。"

两人再次躺在人行道上。

"昌迪。"桑迪说。

"什么嘛。"

"你跑得很快吧？"

"你为什么老问我这个？"

"你回答我不就行了嘛。"

"是的，我跑得很快。"

"那就好。"桑迪说。

桑迪闭上眼睛，一只手搭在妹妹手上，睡梦中她动了一下，但没有醒。昌迪仍然想着那个女人，不知道她为什么呻吟，也不知道她在嘀咕着什么，想到这儿，他抬头看着她。女人冲月亮龇着牙，膝头上的孩子仍旧如同雕像一样纹丝不动。

昌迪再次抬头望着天空，祈求妈妈能够现身，但这样的想法显然是奢望，他告诉妈妈，希望星星排列后，能看出爸爸的名字，因为如果昌迪能在茫茫人海中找到爸爸，那上天至少也得将爸爸的名字告诉他。

Chapter3
再见，有关花的记忆

他感觉有关花的记忆慢慢从身上消逝了。也许他能找个花园给自己充个电，让记忆重回身上。

街上一大早便恢复了勃勃生机。栖在枝头和屋顶上的乌鸦唤醒了昌迪。他惊讶地发现许多人睡在街上。一个躺在手推车里的小伙子哈欠连连，伸着懒腰。他一骨碌坐起来，捋了捋头发，眼睛瞪得大大的。两名男子拎着一小桶水，从他身边经过。他们互相笑了笑，像是其中有个人讲了个笑话。一名穿着卡其色短裤的男子拿着长扫把在人行道上清扫垃圾。一个上了年纪的妇女蹲在地上用手指刷牙，嘴唇上沾了一层厚厚的黑牙膏，她从一个蓝白条纹的马克杯里喝了几口水，吐到街上。她当着清洁工的面将水吐在地上，似乎丝毫不关心那个人扫过的人行道。一个穿着白袍的秃顶男子光脚走过街道，一只手拿着一个长柄钢杯，另一只手捏着几朵金盏花。从他额头上的朱砂判断，这个人正前往神庙。

这时，昌迪听到古蒂在清嗓子，像老妇人一样，也将痰吐到了街上。古蒂的脸看起来比昨晚还要脏，但令人吃惊的是，她的腮帮却鼓鼓囊囊的。昌迪发现她睡觉的时候也戴着那个橙色的手镯，身上穿的那条裙子上面破了些小洞，她把裙子当成毛巾，手在上面揩了揩。

"瞧瞧这小子，"古蒂说，"睡觉的时候居然还系着围巾，我早说过他是个白痴。"

"随他吧。"桑迪说。

桑迪准是头一个起来的，昌迪心想。这会儿看起来清醒得很。他打开一个锈迹斑斑的马口铁罐头，从里面拿了一盒火柴，把小煤油炉点燃，将钢碗放在上面。昌迪老忍不住看桑迪脸上的疤，也不知道桑迪的右耳朵是怎么豁掉一块的。说不定是睡在大街上被老鼠咬掉的。昌迪庆幸昨晚没这么想，他尽量不去看那只耳朵。

"你要喝茶吗？"桑迪问。

"你能不能别老给他东西吃，先让他干点活儿？"古蒂大声说。

昌迪往窝棚里瞅了一眼，吃惊地发现艾玛也在里面。她仍在自言自语，不过并没有像昨晚一样一动不动地待在那里，身子前后摇晃着，孩子仍躺在膝头，肚子鼓囊囊的。

"她在这里做什么？"昌迪问。

"关你什么事？"古蒂反问道。

"我又没有恶意。"昌迪答道。

不过他并没有解释为什么觉得在窝棚里看到艾玛很惊讶，因为桑迪昨晚似乎都没怎么管她。

"去哪儿方便？"昌迪问道。这次他直接问桑迪，并没有看古蒂的眼睛。

"方便什么？"

"你懂我的意思。"他尴尬地说。

"可你昨晚只吃了一小片面包哇。"古蒂说，她似乎比哥哥更快明白昌迪的意思，"难不成你跟我们说饿了根本是在撒谎？"

"拿个罐子呗，"桑迪说，"随便在哪儿解决都行。"

"要是被人看见了呢？"

"叫他们别拍照。"古蒂说。

桑迪和古蒂哈哈大笑。"你现在还指望我们相信你住在街上。"桑迪说。

"不是的，只不过……"

"跟我走吧。"桑迪说。

他领着桑迪走了约莫五十米，来到三级破台阶处。角落里有根柱子，锈迹斑斑的铁丝从里面伸出来，地上到处堆满石板。

"这栋房子被火烧了，"桑迪说，"只剩下这三级台阶了。我们索性把这里当成厕所。你就蹲在台阶上解决吧。"

桑迪跛着脚走开了，昌迪正解短裤的时候，桑迪转身看着他。

"当心你的宝贝。"他喊道，"说不定被老鼠偷去了。"他拍了一下大腿，一瘸一拐地走了。

昌迪想尽快解决。倒不是桑迪说有老鼠他就信了，而是觉得不自在。他不由得想起萨迪克太太。要是她看到他现在这个样子，肯定会无比惊讶。要是那几个玩科伊巴的男孩看到他当街解手，准会满世界嚷嚷。他想起孤儿院的厕所，两年前的一个下午，萨迪克太太去集市后，拉曼在洗手间里昏过去了。昌迪弓着身子想把他弄醒，没想到酒的味道也太浓烈了，他将水喷到拉曼的脸上，拉曼一骨碌坐了起来，胡乱挥舞着胳膊，大喊大叫，吓得昌迪一溜烟跑没影了。

昌迪方便完后，不知道怎么擦屁股。他蹲在地上，四下看了看。要是在孤儿院，他可能用一片树叶就解决了。但在这里，他只瞧见搭棚子的那棵树，再说树叶长得也太高了。

一颗圆石帮他解了围。他看到那枚石子离他只有一米远，伸出胳膊就够着了。他用石子擦屁股的时候想起那几个玩科伊巴的男孩，也许他们应该用这枚石子玩游戏呢。

他拉上短裤，朝那棵树走去。桑迪和古蒂已经喝上茶了，不过他们用同一个杯子轮流喝。

"你解决完了？"桑迪问。

"是的。"昌迪答道。

"那喝点茶吧。"

"不了，我没事。"

"也许咱们的茶不合王侯的口味呢。"古蒂没好气地说。

"不是的。我是觉得不够，你们两个不是在喝同一杯茶吗。"

"我们只是共用一个杯子而已，"桑迪说，"茶管够呢，就是只有一个杯子。所以你也只能用这个杯子喝。”

他把杯子递给昌迪，昌迪拿不定主意。

“你是不好意思吗？”桑迪问，“你是觉得她的嘴碰过杯子，要是你的嘴也接触了杯子，那就……”

古蒂打了一下桑迪的手腕，小声嘀咕道：“大清早的……”

“别理她。”桑迪说。

昌迪看着古蒂从一个打开的容器往瓶盖里倒了些牛奶。那玩意儿就跟拉曼喝酒的瓶盖一样。接着，她朝仍然躺在艾玛腿上的小孩走去，将这点牛奶倒进孩子的嘴里。

“她在干什么？”昌迪问。

“喂小孩呀。”

“艾玛自己干吗不喂？”

“她病了。”

“哦……”

“她又没奶，好了，别再问东问西了。”

昌迪又喝了一口茶，然后把杯子递给桑迪，桑迪又从碗里倒了一些茶到杯子里。艾玛再次哼哼唧唧地呻吟起来，尽管她看着孩子，但心思似乎完全没在孩子身上，昌迪瞥了一眼桑迪。

“她是我们的妈妈。”桑迪看着那个冒着热气的碗突然说，“她老是带着孩子到处走，现在我们也懒得为她操心了。反正无论我们说什么，她几乎都听不懂，只会坐在角落里扯自己的头发，真烦人。”

"你爸爸去哪儿了？"昌迪问。

"死了。"

问了这个问题，昌迪恨不得狠狠地敲一下自己的脑门。

昌迪看着他们对面的面包店，招牌上写着"罗斯塔米面包店"，上方是百事可乐的广告，招牌下面有个大胡子正在擦摆放面包的玻璃柜。那人衬衣上面的几粒扣子没有扣，露出又浓又黑的胸毛。面包店隔壁是一家名为古斯塔德的咖啡店，一个小男孩正在扫地，不时停下来揉搓着惺忪的眼睛。咖啡馆内，黑色的椅子层层叠在一起，大理石面和木腿桌随意散落各处。

"三年前，我们的爸爸被一辆车撞了，"桑迪继续道，"就在面包店外面。"

要是他们的爸爸都死三年了，那个孩子怎么会是艾玛的呢？不过昌迪并没有把这个问题说出来。"对不起。"他只说了这么一句。

"又能怎么办呢，我们什么也做不了。"桑迪说，"爸爸死后，妈妈就疯了。现在我们还得照顾她，可又能怎么办呢？"

昌迪十分尴尬。他应该回答桑迪的问题吗？

"你能帮助我们。"良久，桑迪开口道。

"我？"

"我们想了个办法。"桑迪说。

"什么办法。"

"去偷。"

这个想法着实把昌迪吓了一跳。他这辈子从来没偷过东西。一次也没有。尽管在孤儿院的时候，他知道萨迪克太太将美味的奶油饼干藏在什么地方，但除非主动给他，他可是一次也没拿过。

"我不会偷东西的。"

"胆小鬼。"古蒂骂道。

"别担心，"桑迪说，"这个计划万无一失。艾玛病得很厉害，如果我们不带她去看医生，她可能活不了。她要是有个三长两短，谁来照顾那个孩子呢？"

"她不会有事的，"古蒂恶声恶气地说，"我不会让她有事的。"

"现在你明白了吧？"桑迪说，"我们只是想偷点钱，带她去看医生，然后离开这里。"

"再也不回来。"古蒂说。

"可你们要去哪儿呢？"昌迪问。

"去我们村里。"古蒂说，"村子有我们的去处，就说你帮不帮我们吧？"

她用那双棕色的大眼睛瞪着昌迪，他想起昨天晚上刚见着他们时，两兄妹还对他很好，现在转眼却变了，一时拿不定主意。

"你为什么不说话？"桑迪问，"我要是能跑的话，就不会找你帮忙。看看我，我这个样子怎么跑？只要跑就会被他们抓住打个半死。"

"可我也跑不了那么快。"昌迪说。

"你不是一直都吹嘘自己跑得很快嘛，"古蒂说，"你要么就是满嘴跑火车，要么就是真的跑得快。"

昌迪知道他跑得很快。小时候，他听过《月亮妈妈》上的一个故事，说有个小男孩因为扯着嗓子尖叫，说不出话了，后来有个神仙告诉他如果跑得够快的话，就能把声音追回来。于是昌迪在孤儿院的院子里飞快地跑起来，结果发现根本做不到。但这个故事至少锻炼了他的脚力。

"求你帮帮我们吧。"桑迪说。

古蒂正要说话，这时艾玛怀里的孩子哭了。艾玛的身子前后摇晃着，嘴里说着什么——这次她叫得很大声——但只是发出奇怪、痛苦的声音。

孩子的哭声和母亲的哀号声交织在一起，昌迪听着很不好受。桑迪揉搓太阳穴，像是痛苦已经从那里蔓延开来，古蒂则在想着法哄孩子。

昌迪忍不住盯着艾玛看。她眼珠子翻转着，像是想不用抬头就望着天空。他觉得艾玛准是讨厌汽车的喇叭声，因为她丈夫就是出车祸死的。也许她每次听到喇叭声，就会感觉有可怕的事情发生，所以才会被吓到。他希望艾玛能像正常人一样发出一两个音，可她只是一个劲儿地在那儿哀号。

昌迪暗暗告诉自己，他不在乎爸爸是不是穷人，即便像拉曼一样在孤儿院里扫厕所也无所谓。他只希望有个完完整整的爸爸。不过，他倒也有个条件，那就是爸爸得记得自己有个儿子，不能像艾玛一样，连自己的孩子都忘了。

现在，太阳出来了，昌迪盯着艾玛粉色的头皮，不知道那部分头发是掉的，还是被生生扯下来的。他想象着艾玛浑然不觉将头发一把把揪下来的情形，不由得心头一凛，然后感觉到古蒂的目光落在他身上。他看到桑迪蹲在远处那栋烧毁建筑的三级台阶上，也不知道他会不会用石子擦屁股。

"你到底帮不帮我们？"古蒂问。

昌迪知道，要是告诉她自己是不会偷东西的，她准会又叫他胆小鬼，所以他干脆不吭声。

"我们打算去偷庙里的香火钱。你到底有没有在听我说话呀？"

"我知道，"昌迪说，"是拐角处的那座神庙吗？"

"没错，就是那个，前面还有间诊所。"

"可是那个庙里为什么会有钱呢？那么小。"

再过两天，他们要为伽内什神举行礼拜仪式。有个叫纳姆迪奥·戈希的政治家要来。据说他妈妈怀他的时候穷得兜里叮当响。她连个落脚的地方都没有，只能睡在神庙外头。人们见她要生孩子，就给了她一些钱。结果，她的孩子就生在神庙外面，庙里的小僧侣跟她说，她的儿子跟神庙有缘，受伽内什神的庇佑，将来一定会飞黄腾达。结果那个孩子真的发达了。后来很多人都很相信这间神庙。纳姆迪奥·戈希每年生日都会来这里祈福，在伽内什神的脚边放一些钱讨他欢心。这些钱会被放在一个塑料盒中，庙里的僧侣会把钱留到晚上，为的就是让大伙看看纳姆迪奥·戈希对神灵是多么虔诚，这个神庙又是多么灵验。这样，一年到头都会有人来到神庙，把一个个僧侣养得膘肥体壮。

"我不能偷神灵的钱。"

"我们都是他的子民，他不会介意的。"

"你为什么不去偷？"

"我比你胖。"

"那又怎样？"

"听着，你知道我为什么偏偏要找你吗？因为你瘦得像根竹竿一样。"

"那又怎样？"

"你得从神庙窗户的窗格中钻进去。"

"神庙？"

"你还以为人家会为你开门哪？我们得在你身上浇油，到时候你就从窗格中溜进去了。要是有人抓你，你身上滑溜溜的，谁也甭想抓住你。"

"你们是不是干过很多次了？"

"一次也没有。"

"那你怎么什么都知道？"

"我爸爸……我爸爸以前经常偷东西。这些他都跟艾玛说了，我们就听见了。去庙里偷钱就是他的主意，可他在礼拜的当天就死了。"

"对不起，"昌迪说，"我没办法偷东西。"

"为什么？"

"这不对。"

"不对？那我爸爸的死怎么算？艾玛疯了又怎么算？现在她连一点奶水都没有，连自己的孩子都养不活，这也不对吗？"

"是的……"

"那么偷就是对的。我们只是想离开这里，又不是干什么坏事。我哥哥要能跑，我们也不会来求你了。"古蒂直视着昌迪的眼睛道。一种奇怪的情绪在昌迪的体内滋长，像是他早就认识对面这个女孩似的。他想移开目光，却怎么也做不到。古蒂揉搓着鼻子，橙色的手镯映衬着晨间的阳光。一切似乎都是那么美好。

当然前提是她不叫昌迪去偷钱。萨迪克太太经常警告孩子们：记住，一朝为贼，永世不得翻身。她说这话的时候，手晃动着，昌迪惊讶地发现萨迪克太太的手此刻就在眼前。

但他很快意识到那只手是艾玛的，她正将什么东西往嘴里送。古蒂"哦"了一声，立马伸出手去挡，不让她吃，原来艾玛在地上发现了一撮头发，误以为是吃的。

昌迪没看艾玛，只是抬头望着他睡觉的那棵树。那树像是害怕长到天上，抑或那些枝丫不知道如何往上生长似的。要是他能爬上树，说不定能看到孤儿院，然后跟耶稣说上话。要真能这样，他打算问问偷东西帮助别人的做法对不对。

"你抬头看什么？"桑迪问，"等着天上掉吃的呀？"

昌迪笑了。跟这两兄妹在一起感觉很奇怪。尽管他昨晚才认识他们，但觉得与他们相处起来比孤儿院的大多数孩子都要熟稔。除了小普什帕，他对那些孩子都不亲。也不知道小普什帕怎么样了。上次还答应给她读《饥饿公主》那个故事，结果却跑了，他感觉很愧疚，希望萨迪克太太能跟小普什帕解释他离开孤儿院也是迫不得已。

"跟我来。"桑迪说。

昌迪跟着他沿马路走去。他看到一头奶牛在人行道上慢腾腾地走着。一名男子拿着空调走过奶牛身旁。牛挡住了男子的去路，他想把它赶走，可奶牛并不买账。

"咱们去哪儿？"昌迪问。

"乞讨。"

"乞讨？"

"天哪，用不着这么惊讶。你现在可是在街头流浪，乞讨有什么不对？这可是养家糊口的行当。"

"我……可是我们该怎么做呢？"

"首先，你总得跟我说实话吧。"

"什么实话？"

"你总得告诉我你是从哪儿来的吧。否则叫你好看。"

昌迪知道再瞒下去也没什么意义了。要想在这样的城市生存下去，他得指望桑迪才行。要是和他们成为朋友，他还能把准备去找爸爸的事告诉桑迪，但是，他们要是笑话他怎么办？尤其是古蒂。可是，如果她爸爸没被车撞死，只是失踪了，她准会像他一样去找。

"这档子事还要我求你吗？"桑迪说，"我们就不用互相求对方了。咱们的对手在出租车里坐着呢。"

"我是从孤儿院出来的。"

"啥？"

"你连孤儿院都不知道？"

"呵呵，还真让你说对了，我不知道。"

"孤儿院里收留的都是没有父母的孩子。"

"要这样说，这种地方还有个名字。"

"什么？"

"孟买。"桑迪说，"你就笑吧，但我可没说错。这座城市就是我们的家，收留着我们。可惜孟买就是个婊子。"

昌迪从来不喜欢这样的粗话。那几个玩科伊巴的男孩满嘴脏话，他觉得没什么用处。

"怎么啦？"桑迪说，"你不喜欢我骂孟买？"

"不是，我只是觉得……"

"要么就是你不喜欢骂人？"

"没错。"

"你只要跟我待上几天，就会站在屋顶上破口大骂'王八蛋'和'龟儿子'了。你总算承认自己不是流落街头的小子了。"

"你是怎么知道的？"

"这不明摆着的吗？看看你的牙齿，又干净又整洁，打理得不错，这就说明你经常刷牙。"

"是的。"

"你再瞅瞅我的牙齿。"

桑迪张大嘴巴，昌迪瞧见他一口参差不齐的牙齿，一颗叠一颗全挤在一起，像为了争夺地盘似的。昌迪连忙转身，因为桑迪嘴里的气味儿实在太难闻。

"我从来没刷过牙。不过，你可别被它们的外表骗了。尽管我的牙齿黄黄的，还满是豁口，可只要我愿意，把你的前臂咬成两截还是不成问题的，你要是真想跟我干仗，我可不是咬断你胳膊那么简单了，到时候咔嚓两下咬碎了。"

"不，我相信你……"

"不光是你的牙齿，你的一举一动早就把你出卖了。"

"你指哪方面？"

"你的行为举止跟王子一样。想半天才说话，而开口的时候……说出的话真叫人作呕。"

他们说话的当儿，一辆卖果汁的车吸引了昌迪的注意。一个塑料搅拌器里装着橙汁，跟橘子和香橙一起放在玻璃柜中。还有些橘子放在玻璃柜上方。昌迪发现那些橘子被整齐地摆成金字塔的形状，让他啧啧称奇，觉得那个卖果汁的小贩像个变戏法的，要么就像马戏团的人。昌迪希望晚上能看到卖果汁的小车，到时候，玻璃柜中的灯一亮，那些橘子和香橙就会发出明晃晃的光。

"希望路上堵个坚坚实实的。"桑迪跟昌迪说。

"为什么要堵车？"

"这样车就卡在一起动不了，咱们在信号灯变换之前就会有更多时间。我是不是什么都得给你解释一遍哪？你自己就不能动动脑子吗？"

"可现在还是早上呢。"

"那又怎样？"

"不会堵车呗。我们在孤儿院的时候，只会在下午听到汽车的喇叭声。"

"你们那个孤儿院到底在什么鬼地方？你都学了些什么乱七八糟的东西？"

"我识字，还会写。"

"你会读书写字呀？"

"是的。"

"你是不是挺得意的？"

"可不是。"

"这玩意儿一点用处都没有，你个傻瓜！比方说你去出租车旁边乞讨，他们可不会对你说：'不好意思，你会写自己的名字吗？'"

"那我要怎么做？"

"你得扮成一副可怜兮兮的模样。"

"可我们本来就挺可怜的。"

"大哥，这里可是孟买。谁也不会较真。煽情就对了。得有眼泪！你能真的哭出来吗？"

"说哭就得哭出来吗？"

"是呀，我给你学学。"

桑迪将一只手搭在昌迪的肩上，昌迪停下脚步。前面有个老人正打开一家小钟表修理店的卷闸门。

"听着，"桑迪说，"乞讨没什么丢脸的。咱们也不是天生就比人蠢。要是也能过上好日子，咱们才不会去乞讨呢。可是谁也不给我们活儿干，那有什么办法，没什么丢脸的。"

昌迪发现桑迪的语调突然变了。声音变得更加轻柔，但也更坚决了。

"眼泪肯定会出来的，相信我。"桑迪继续道，"我只要想起爸爸，想起汽车从他身上碾过的情形，想起艾玛尖叫着朝他跑过去……当时我只能紧紧地抱着妹妹，因为我比她还害怕。我们谁也没有靠近尸体。我现在又想起了艾玛，想起她每天晚上坐在黑乎乎的地方，使劲儿扯头发，即便我每天都能想起这事，但眼泪仍会出来。"

接着他往手心里吐了口唾沫抹在头发上——尽管他也没多少头发。在阳光的映衬下，他脸上的疤痕更深了，像是那里的皮肤一点点地被剥开了。

"即使长着这样一张脸，我看起来仍然很有型，"桑迪说，"明白吗？你知道我乞讨的时候，有多少人想找我演电影吗？可我都拒绝了，出名有什么好的？看看你周围，我什么时候想尿尿，把裤子一脱就行了，谁也管不着。有几个电影明星能这么做呀？"

昌迪仍然盯着那道疤痕。他知道那玩意儿肯定让桑迪觉得不自在。他耳朵上的豁口就跟撕裂的纸一样残缺不齐。

"为了那些大妈大婶，我一定得打扮得帅些。"桑迪继续道，"那些胖大婶有的是钱。"

桑迪说完走下人行道，来到大街上。一辆黄黑色的出租车在红灯前慢慢停下来，昌迪瞅见他的朋友跟着追了上去。出租车上没有乘客。昌迪发现这条街上的建筑物比他们窝棚附近的要高不少，而且阳台上还有电视天线。

"拜亚，你就给我点吃的吧。"桑迪对出租车司机说。

"大清早的你别想吃我的脑子。"出租车司机说。

"可是，如果我没有吃的，就只能吃你的脑子了，不行吗？"

"你的舌头挺锋利的，当心割伤自己。"

"这还真是麻烦。我的舌头的确太锋利了，吓得食物都不敢进我的嘴。看看我都瘦成什么样了。"

"我看你可不瘦。"

"看看我得了小儿麻痹症的腿。"

"你还有什么病？"

"我爱上了别人，这病可麻烦了……"

"哈哈！"出租车司机大笑。他将手伸进卡其色衬衣的口袋，掏出一卢比硬币，给了桑迪。

"一卢比能管什么用啊？"

"你可以滚了，"司机说，"我再也不想看到你这张脸。"

"下周成吗？"桑迪说。

司机笑了。这时，红灯变成了绿色，桑迪重新回到人行道上。

"可真有你的。"昌迪说。

"你就别拍我马屁了，你自己也得赚点钱。"

"可是我想先看看你怎么做。"

"你还想看我呀？我可不会读书写字，有什么好看的？"

"我想学习怎么讨钱。"

"那从现在开始你就当我的徒弟得了。"

"成。"

"能不能懂点规矩，你个白痴，叫我先生。"

"先生。"

"那我可跟你讲了，第一条原则，永远不要向出租车司机讨钱。"

"可你刚才不就讨了。"

桑迪敲了一下昌迪的头："别跟师傅争。很少能从出租车司机那里要到钱的。只不过刚才那位是我的老主顾。我认识他都两年了。他每天都会走同样的路线，碰上心情好的时候，他就会给钱。在出租车司机面前，煽情压根儿就不管用，因为他们的生活跟咱们一样惨，没准强一丁点吧。所以才不会在乎咱们的眼泪呢。所以你也别犯傻，去告诉人家你会识字什么的，因为也许他们还不会呢。你也不想让人家觉得你比他们聪明吧。你是乞丐，乞丐都是没脑子的。"

"好吧，我就当个没脑子的人。"

"有时候装疯卖傻也挺管用的，尤其是遇到一些体面的女士。你把斗鸡眼一弄，发出怪声，将头在出租车上撞几下，然后走到窗户旁边，对着她们的脸咳嗽几声，保管能要到钱。"

"好的。"

"接下来就是那些爱情鸟。你知道爱情鸟是什么意思吧？"

"应该知道吧。"

"那你给我解释解释。"

"爱情鸟就是……就是指一男一女……"

"这有什么不好意思的？爱情鸟多美呀。你得这样跟他们说：'瞧瞧你们，就跟莱拉和玛吉奴（印度经典爱情电影中的角色。——译者注）一样，像两只漂亮的鸟一样永远在一起……'"

"祝你们多子多福。"

"不行！绝不要提孩子。男的会打你个大嘴巴。他可不想让自己的女朋友胖得像个球。如果他真想要球，自己会买的。千万不要提孩子这档子事。只要说他们很般配就行了。要是运气好的话，男的会给你一枚硬币。最好趁他们接吻的时候说这话。你得不停地乞讨、缠着他们不放。'求求你了，给我点钱吧，给我点钱吧。'一直不停地说，等到男的受不了了，就会给你五卢比的纸币。"

"五卢比呀？"

"没错，这就是爱情的代价。现在大生意来了，也就是外国人。在这些人面前，你就得利用他们的同情心。把脸弄得脏脏的，脸上和眼皮底下都得抹点口水，让人觉得你一直在哭。然后走到车窗旁边，盯着他们的眼睛看。不过这事也不好办，因为他们总戴着墨镜，不过，你这么做就对了。要是他们没有立马给你钱，你就这样说，'我爸爸打我''我妈妈快要死了''我的车坏了'。"

"我的车坏了？"

"随便说什么都行，没关系的。他们又不知道你在说什么。大部分人都听不懂。不过有些人聪明得很，会说咱们的话。反正各种各样的人都有。好了，今天的课就上到这里。你可以走了，回家吧。"

"我不是已经在家里了吗，现在，街道就是我的家。"

"哈哈！你可真会说话！看来你已经准备好了。现在咱们就去赚点钱来。"

桑迪一瘸一拐地从昌迪身边走开时，一辆货车驶过，喷得桑迪满脸都是黑烟。他非但没有躲，反而深吸了一口气，然后转身冲昌迪喊道："统统吸进去，这会让你的肺变得强壮。"说话间他咳了起来。

"告诉你个流泪的好法子。"他说，"让烟对着你的眼睛吹。你的脸太干净了，赶紧弄脏点。反正我是一个卢比也不会给你的！走路的时候别那么趾高气扬的，像全世界的重任都压在你的肩头一样。反正一两天过后你能体会到的！把那块白围巾从你的脖子上取下来。孟买又不是什么避暑胜地！"说到这里桑迪哈哈大笑，昌迪看着这个满脸黑烟的男孩蹒跚走过，却笑得那样灿烂，感觉这一幕好奇怪。

昌迪正要从人行道上走下来，旁边有个坐木头轮椅的男子从他身边经过。那人没有腿，右眼上方有道很深的口子，苍蝇落在上面，他用胳膊撑着轮椅下来了，将轮椅放在马路上，然后又坐了上去。他脖子后面有块板球大小的肿块。昌迪转身想去寻找桑迪，可这会儿桑迪早就不见人影了。人行道上只有一个皮肤黝黑的小男孩，顶多不过四岁，直勾勾地盯着昌迪。男孩鼻涕直流，光溜着身子，只在腰间系着一根黑线。男孩目不转睛地盯着昌迪，昌迪只得闭上眼睛。

他想象着此刻就在孤儿院的院中。微风轻拂，三角梅朝他微微倾身，花瓣摩挲着他的脸庞，它们迅速蔓过院子，爬上黑乎乎的院墙，进入昌迪逃离孤儿院的那条狭窄的街道上。三角梅生长的速度令昌迪吃惊，它们很快就会来到这里，他暗暗告诉自己。

一辆卡车呼啸而过，但他并没有听到引擎的轰鸣声。

接下来是辆私家车，车窗贴着膜。车里面放着节奏感十足的音乐。昌迪朝那辆车走去，他想起桑迪教给他流泪的法子，试着回想他刚刚得知自己是孤儿的情形。但他记得不是那么清楚，只知道他在院子里走来走去，萨迪克太太坐在井沿上，他看着她，突然明白她不是自己的妈妈。尽管那天他心如刀割，却没有哭出来。所以今天回想起来并没有让他哭出来。

昌迪敲了敲车窗，等在那里。窗户并没有放下来，昌迪再次敲了敲，这次更加用力。一名年轻的男子愠怒地摇下车窗。

"滚。"那人吼道，"你要是再碰我的车子一下，你就完了！"

昌迪知道这回肯定什么也要不到。于是，他只得走到另一辆车旁，这次是辆出租车，他转身想看看红灯是不是还亮着。突然一股风将尘土吹进他的眼睛里，眼泪顿时流出来。他徒劳地揉搓着眼睛，想重新回到人行道上，眼里却是一片模糊，差点撞上一辆摩托车。他随即听到摩托车引擎转动的声响，意识到准是变绿灯了。车辆也开始启动。喇叭声此起彼伏。他听到有人大声骂了一句"白痴"，昌迪知道肯定是在骂他。他飞快地眨了几下眼睛，想把里面的脏物挤出来，结果却吹进更多尘土，灰色的楼房和模糊的街灯在他眼前晃荡。这时，他一脚踢在路缘上，痛得"哇"一声叫了出来。他晃晃悠悠地走到人行道上。总算安全了，他一屁股坐在地上，闭上眼睛。

"猪猡！"桑迪的声音突然响起，"你怎么在这里偷懒？"

"我的眼睛里进东西了。"

"你也说是眼睛。能站起来吗？"

"我看不见……"

"嘿，你也太矫情了。"他说着把昌迪拎了起来，"睁开眼睛。"

"如果我能睁开眼睛，就是没事了，对不？"

桑迪用手指掰开昌迪的右眼，他的指甲缝里黑乎乎的，净是污垢。"哈，在那儿呢，我瞅见了。"他对着昌迪的眼睛使劲儿吹了一口气。

"是什么呀？"

"脏东西呗，还能是什么？"

桑迪继续吹着，但是并不管用。"别动。"他说，"看我拿指甲把你眼睛里的脏东西挑出来，你可别动啊。"

"干什么？"

"我小指头上的指甲很长，有时候还真能派上用场，要是哪里痒了，我就……"他想想还是不说了。但昌迪听明白了。"你要把指甲伸进我的眼睛里呀？"

"我开玩笑的呢，开玩笑。"

桑迪小心翼翼地将长长的指甲伸进昌迪的眼睛里，把里面的一小块土粒挑了出来。

"啊……"昌迪哼了一声。

"好啦，换一只。"

但是昌迪睁开另一只眼睛后，里面的脏东西似乎不见了，红通通看起来泪汪汪的。

"太好了！你这个样子像是真在哭。好啦，赶紧去开个张来。记住，师傅正看着你呢。"

交通灯再次变红。这次，昌迪下定决心证明他能在街头生存。他耐心地等着前面几辆车在交通灯前完全停下来。他仔细观察每一辆出租车，发现有辆车里坐着一个胖乎乎的女人，热得满脸通红。桑迪的话在他耳边回荡。"胖大婶有的是钱。"昌迪满心希望自己能交上好运，他脸上挂着笑，想把自己扮得可爱些，站在车后窗那儿。正待开口乞讨，他发现车里不止那个女人，还有个小男孩坐在她身旁，估摸也就比昌迪小一两岁。他看着昌迪说："妈妈，有个乞丐。"昌迪脸上的笑容顿时凝固了。他没想到会遇到一个年龄跟他相仿的男孩。而且，这个孩子一眼就看出来昌迪是个乞丐。他是孤儿不假，可他识字，做乞丐只是权宜之计。一眼就被人认出是乞丐，就好比警察一眼看出坏人，医生瞧出病人一样，他不由得低下头。昌迪认定是那件破烂不堪的脏背心出卖了他。出租车里的男孩随即喊道："瞧他长得多瘦。"昌迪仍然不敢抬头。桑迪可以凭他的三寸不烂之舌赚钱，他想讨那位胖大婶的欢心，希望用这种方式讨钱。他想把肋骨往胸脯里推，但他知道这么做是徒劳。"给，这点钱拿去吧。"他听到女人说。接下来他只知道自己下意识地伸出手，一枚硬币随即落在他张开的手心上。他没有看硬币值多少钱，只是低头盯着自己的脚，发现右脚的脚指甲裂了。肯定是刚才不小心踢在路缘上弄的。他攥紧拳头，转身走了。

人行道上，一位老人正在擦钟表修理店的玻璃柜子，他一边干活儿一边嘀咕着什么。昌迪心想，也不知道他是不是在埋怨所有的钟表显示的时间不一样。几只苍蝇落在玻璃柜台上，老人一掸子打过去。

昌迪看见远处的摩天大楼，也不知道一栋楼的第二十层会是什么样。那里能看到孤儿院吗？他现在站立的地方，净是些四五层楼高的房子。住在附近的孩子肯定连个玩的地方都没有，他想。但也有个好处，他们可以在屋顶的平台上放风筝。

阳光直射在人行道上，好一派忙忙碌碌的景象。一个玩具摊上，橙色和银色的车排成一排，顶上挂着塑料盒装着的洋娃娃。还有一副塑料板球拍，不过很小，是给孩子玩的。板球拍旁边是一把玩具枪。尽管昌迪也知道那样的枪伤不了人，但还是不喜欢。摊主坐在矮凳上，给一个双头玩偶上发条。他松开钥匙，玩偶的两个头疯也似的转动着。摊主似乎乐在其中，尽管行人如织，谁也没有光顾他的生意。

玩具摊旁边，一名男子正在他的裁缝店入口处装点花环。昌迪心想，也不知道这些花环是不是坐在庙门外的那个老妇编的。他怀念那些三角梅。现在，他已经一天多没见着它们了，他感觉有关花的记忆慢慢从身上消逝了。也许他能找个花园给自己充个电，让记忆重回身上。念及此，他记起口袋里的花瓣，随即拿了出来，放在手心。这时，他发现有名男子昏倒在人行道上。男子的衬衣敞开着，满是泥巴，黑蚂蚁在他的脚指头旁边爬来爬去。昌迪希望花瓣也能像在孤儿院一样，给这里带来好运。结果却没有。也许是花瓣脱离枝条的缘故吧，想到这里，他又将花瓣放回口袋。

过了一会儿，桑迪来了，在他的背上拍了一下。

"他们都是乞丐，"桑迪说，"坐在车里的富人才是真正的乞丐。才十六卢比，整整四小时，我只讨了这么点钱。今天的生意真是惨淡。"

但看到桑迪讨了这么多钱，昌迪却十分惊讶。

"你呢？"桑迪问，"你赚了多少？"

"四卢比。"

"我觉得问题出在你的脸上。你身上倒是皮包骨头，但脸色看起来还不错。下次你得看起来病恹恹的才行。好啦，现在咱们一共有二十卢比。"

"那咱们去吃东西吧。"

"哪有这么快呀，大哥。现在还不能吃东西。"

"为什么呀？"

"先给我看看你要的钱吧。"

昌迪不喜欢桑迪居然还要检查，但还是将手伸进棕色的短裤拿出一把硬币，张开手掌给桑迪看。一共四枚面值五十的派萨，两枚一卢比的硬币。

桑迪将他的钱拿了过去，放进口袋里。"没错，一共二十。"他说。

"你为什么不相信我？"

"我相信你。"

"那你为什么还要看。"

"这些钱又不是咱们的。"

"什么？"

"是阿南德·巴依的。"

"阿南德·巴依是谁？"

"我们的老大。这个地盘所有的乞丐都是他的手下，无论咱们赚多少钱都得给他。然后他再分点钱给咱们。"

"可我们为什么把钱给他呀？"

"看看我的脸。"桑迪说。

"啥？"

"看看……我知道咱们刚见面的时候你一准儿在想，我脸上这道丑陋的疤是咋回事，还有我右边的半个耳朵为什么不见了。"

"我……"

昌迪不敢看他的眼睛，只是盯着他的衬衣。衬衣是奶黄色的，上面还有油渍。

"我脸上的疤就是阿南德·巴依弄的。"桑迪说，"他说是签个名，就把我的脸割了道口子。"

"他下的手？"

"爸爸死后，我在一家伊朗人开的餐馆擦桌子、扫地。一天晚上，我回到窝棚，一名男子出现了，声称是爸爸的朋友。他走到我跟前，冷不丁打了我一个大耳光。我就跑，当时太害怕了，都忘记自己患有小儿麻痹症，自然跑不了，那人轻而易举地就把我抓住，在我脸上划了道口子。还说：'我是阿南德·巴依，你爸欠我钱，现在你得为我干活儿。'尽管很害怕，但也很生气，我骂了他。结果，他把我的耳朵削下来。现在你应该明白这些钱不是我们的了吧？"

昌迪看着天空，看来他完全错了。容忍这种行为的这片天空跟孤儿院的天空绝不一样。他压根儿就不属于这个世界。

"以前我只能老老实实地干活儿，"桑迪咬牙切齿地说，"现在却成了一文不名的乞丐。去乞讨的话年纪又太大，昌迪。只有那些小孩、麻风病人和残疾人才会去乞讨，而不是像我们这样的孩子。有些跟我们一般大的孩子会卖报纸、杂志，或者给人家端茶倒水。"

"那你为什么不去做这些事情呢？"

"我脸都这个样子了，谁还会给我活儿干？就连你也经常盯着我的脸看。"

"对不起，我……"

"没事。反正我没办法工作就对了。有时候我在想，看来我这辈子恐怕都只能当巴依的眼线了。"

"眼线？"

"就是探子。我得眼观六路，耳听八方。将打听到的线索告诉他。"

"线索？什么意思？"

"像孟买这样的城市，消息四通八达，我站在茶摊、珠宝店外面，站在出租车站，只要是有人说话的地方都行。如果我看到什么有趣的事情，就告诉巴依，将来你会明白的。"

桑迪将口袋里的硬币晃得叮当作响。"咱们还需要钱，"他说，"晚上还得讨钱。"

昌迪想在桑迪那里打听孟买的事，为什么孟买没有颜色、没有歌声，人们脸上没有笑容，也不会彼此关爱。但他转而告诉自己，他连这座城市都还没怎么见识过，总有一天他会遇到跟想象中的城市相配的东西。

"咱们就不能花一点点钱吗？"他问桑迪。

"一派萨也不行。我一天至少得给阿南德·巴依二十卢比。反正一定要给。其实他不缺钱，就是要折磨我，让我做他的狗。"

"可是，我就不能花我的份子吗？阿南德·巴依又不知道我来了。"

"今晚他就知道了。"

"怎么会？"

"'帅哥'会告诉他的。"

"'帅哥'？"

"你见过一个没有腿的乞丐没？眼睛上方有个窟窿，脖子上长了个大瘤子？"

"见过……"

"他就叫'帅哥'，也在这片讨钱，负责将新来的人告诉阿南德·巴依。所以你早就在名册里了，我的朋友。"

桑迪再次数了数口袋里的钱，发出啧啧的声音，嘴里念念有词，昌迪知道他肯定在骂人，可他却从没听过。桑迪就像那几个玩科伊巴的男孩。但昌迪很快纠正自己，桑迪是个心地很好的人。

那天下午还真热，他们尽管赚了钱却还是两手空空，昌迪的肚子又咕噜噜叫起来，桑迪心不在焉地将手指放在嘴边，像是捏着烟卷一样。

两人经过一排自行车、几间卖金属管和洁具的商铺。一名男子坐在一间商铺的外面，正用铁砧敲打一块金属。稍远处有个补鞋匠，但那人双手托着下巴蹲在那里睡着了。

不大一会儿，昌迪就见着那棵树了。他们往那边走近了些。艾玛和古蒂还饿着肚子，他觉得很不好意思。他们又往前走了走，来到一家乌迪比餐厅。一个女人正坐在柜台上用昌迪听不懂的语言打电话。不过说话的调调倒蛮好听的。女人好像在骂人，声调却毫无怒气，颇有些开玩笑的成分，像正对某个拔掉她自行车气门芯，或是将她的马尾辫扎到一块的朋友说话。

昌迪在想也不知道世界上到底有多少种语言。总有一天他要自己发明一种。这个想法让他不由得开心起来。他要发明一种积极的语言，只会安慰人，绝不会伤人，但转念又想，也不知道人们有没有勇气只说漂亮话。他会发明一种不带拒绝的语言。到时候他去要吃的，一要一个准。

"你认识面包店的店主吗？"昌迪问。

"大胡子？"

"他叫这名吗？"

"我管他叫这名是因为他蓄着大胡子。你为什么想打听他的事？"

"说不定他会给咱们面包呢？"

"哈！这家伙一毛不拔，就连我爸爸死的时候，他也什么都没给我。这人坏着呢，还打自己的老婆。"

"你怎么知道？"

"他就住在蛋糕店的楼上。晚上，我们能听见他打人，还能听到他老婆在哭。这样的家伙怎么会给咱们面包？"

　　"你要我去试试吗？"

　　"没用的。"

　　"试一下又不会少块肉。"昌迪准备走到街对面的面包店，但桑迪制止了他。

　　"我们必须试试。"昌迪说，"艾玛和你妹妹一准饿坏了。"

　　"我从来不到街对面去。"

　　"为什么？"

　　"自从我爸爸死后，我们就没再靠近面包店了。艾玛要我们答应决不再去那里。她说那个地方会带来霉运。我想她肯定担心我们会出问题。可到头来她反倒疯了。"

　　"可你为什么还住在这里呀？"

　　"艾玛不想离开。她老盯着马路看……我爸的血还在那里，也不知道怎么回事血就粘在马路上了，总也弄不掉。"

　　"咱们得想法子弄点吃的。"昌迪说。

　　"吃的倒不是问题。离那棵树不远有家叫戈帕拉的餐馆。我爸生前常为老板跑跑腿儿什么的。有时候午餐过后，他会给我们一点剩菜剩饭。吃不成问题。我们不会挨饿的。"

　　"那还有什么问题？"

　　"问题是我们得生活。我们现在只是能勉强找点吃的度日，被迫在这个鬼地方活下去。"

　　桑迪说话的当儿，昌迪发现了他昨天在酒馆附近见到的那个老乞
丐。老乞丐换了地方，但苍蝇还是跟上去，围着他的脸嗡嗡地叫个不
停。乞丐闭着眼睛自言自语。艾玛也是这样，昌迪心想。这座城市怎
么有这么多人没法跟人说话。

　　昌迪的目光落在面包店的甜面包上。他看着面包店上面的小房间
和那扇小小的窗户，不由得为大胡子的妻子感到难过，她一定跟关在
樊笼里的动物一样。接着，昌迪的目光移到马路上。虽然他看不到血
迹，却感觉那里就是桑迪的父亲被车碾过的地方。他告诉自己，幸亏
声音不能粘在马路上。要是他父亲被车撞击的声音也留在那里，那才
痛苦呢，艾玛的尖叫声也一样。那样街上的人每天早晨都听到这些声
音了。

　　桑迪脱下那件奶黄色的衬衣，擦拭着汗津津的胸脯，还用它擦了
擦胳肢窝，然后将衬衣扔进窝棚里。桑迪长得倒也壮实，身材不见得
有多好，但肌肉线条分明，肌肉像是有生命力，会呼吸一样。桑迪坐
在地上，那双得过小儿麻痹症的腿僵硬地放在前面。"把你的背心脱
下来，"他告诉昌迪，"天这么热。"

　　"不行，我挺好的。"昌迪道。

　　"像个男人样儿，脱下来。"

　　昌迪其实很想把背心脱下来，因为热得实在受不了，但想到自己
的肋骨凸了出来，感到难为情，就连出租车里的那个男孩都吓到了，

还给了他钱。

"不了，这样挺好的。"他说。

"你是想弄得全身都是汗吗？你上辈子是头猪吧？快脱了。赶紧的，要不我帮你扒拉下来。"

昌迪一把将背心脱了下来，速度快得连自己都感到惊讶。之前谁也没见过他赤裸着上身，可现在当众在人行道上把背心脱了。

"天哪，"桑迪惊呼道，"你比竹竿还要瘦，肯定能从神庙的窗格中钻进去。"

"我跟你说过的，我的肋骨……"

"好啦，我跟你开玩笑的。你太敏感了。在这个城市，你得做个哈拉米。"

"什么叫哈拉米呀？"

"就是做个没皮没脸的混蛋！看看我，我得了小儿麻痹症。我有没有试着掩饰我的腿，或者假装自己是根会走路的棍子？"

"可是你怎么掩饰你的腿呀？"

"这是两码事。你怎么一点想象力都没有。"

"谁说的，我有。"

"那就证明给我看。证明你不是神经过敏，有想象力。"

"如果我能证明，那我讨来的钱得我留着。"

"这就学会跟人打赌了，你学得倒挺快。"

"就这样说定了，我可以挺着胸脯在这里走一圈，这就说明我没有神经过敏。"

"这可什么也说明不了。来段表演还差不多。"

"什么表演?"

"瞧着。"

桑迪看了看身后,发现树那头有个老人和一个年轻人,两人一边说话一边抽烟。年轻人抓着衬衣的前摆给自己扇风。

"看着我,"桑迪对两人说,"我让你们猜个谜。猜出来有奖!"

老人嘴里吐出的烟雾让昌迪觉得怪不舒服。他为天空感到难过,这里的天空不仅要吸入烟雾,还要看着一个到处有乞丐却没有鲜花的地方,而且还得听大胡子老婆的哭声。

老人的心情似乎还不错,但那个年轻人板着脸孔。他清了清嗓子,吐出一口浓痰。

"我有多少条腿?"桑迪问。

老人没有回答,继续吐着烟雾。

"什么,你觉得这个问题很简单?"桑迪揶揄道。

"两条。"老人说。

"错!"桑迪喊道,"我现在问你,朋友我到底有多少条腿?"

年轻人没有回答,示意桑迪走开。

"看来他心情不好嘛,是老婆跑了吗?还是女朋友不喜他的床上功夫哇?"

"滚,否则给你个大耳刮子。"年轻人骂道。

"你会平白无故地打一个连路都不会走的小孩吗？你还是不是男人？"

老人哈哈大笑。他长着一双绿色的小眼睛，昌迪心想这人准是从尼泊尔来的，就跟孤儿院的卡差一样。

"好了，大叔，我还是只跟你说话吧。"桑迪再次对老人说，"上次我就问过你了，我到底有多少条腿。回答之前，我给你点提示吧。我有条腿坏了，是哪条来着？"

桑迪学着小丑的样子走了几步。

"右腿。"老人说。

"没错。"

"那另一腿是哪一条？"

"左腿。"

"哪条腿最有力呢？藏着的那条还是最重要的那条，你的朋友的腿八成是坏了，难怪他心情不好。"

"王八蛋，滚。"年轻人冲桑迪嚷道。

"你中间的那条腿不行，还有脸叫我王八蛋？不过，大叔，你没猜对，自然就没有奖拿咯。好了，你现在得给我补偿了。"

"我一个铜板也不会给你的。"老人说。

"钱？为什么大家眼里都只有钱呢？爱呢？谁都没有爱心了吗？给我点爱怎么样？要是这个也给不了，那就给我支烟吧，成不成？"

老人将手伸进那件灰色衬衣的口袋，掏出一支烟，扔给桑迪，桑迪没能接住，烟掉到地上。他拾起来，朝昌迪转过身来。

"你现在也得要支烟来。"他压低嗓门说，"瞧见了吧？就是这样做，现在到你了。"

昌迪没有吱声。

"你在想什么呢？"桑迪说。

"我……刚才的谜底是什么？"

"啥？"

"藏着的那条腿是什么意思呀？"

"噢，你个白痴。看你这倒霉样，傻乎乎地在孤儿院里待了一辈子，实在是太可怜了，你倒会识字，可是谁也没有告诉你藏着的腿是啥意思。跟你活在同一个太阳底下真是把我的脸都丢尽了。不过，你也不用担心，今晚就会发现第三条腿，对你来说肯定是个神奇的晚上，你就等着奇迹的诞生吧！到时候你肯定不愿把手从腿上拿开。不过，首先得完成咱俩商定的事。现在就去表演吧，我抽支烟，你让我乐和乐和，让我感觉像个国王一样。快点，赶紧的。"

"我还是讲个故事给你听吧。"昌迪说。

"老子最讨厌故事了！"

"肯定闷得要死，那种一本正经的故事最无聊，算了，你干脆坐在我身边得了。"

桑迪开始找火柴，那支烟已经叼在嘴中。

起初昌迪想选《月亮妈妈》里面的故事，但转念又想，还是自己编个故事得了，因为桑迪说他没有想象力，伤了他的自尊心。想象力是个很私人的东西，不过也许是时候跟朋友分享了。昌迪决定讲述自己的故事，但决定省略一些细枝末节，免得桑迪说三道四。

"这是我自己的故事，"昌迪说，"故事名就叫《肋骨变成獠牙的男孩》。"

桑迪的火柴差点掉到地上。

昌迪继续道："等你抽完烟后，我的故事也就讲完了，你要是喜欢，得把我讨的钱还给我。"

"就这么说定了，你这个连第三条腿都不知道的可怜虫。"

"从前有个男孩，长得可瘦可瘦啦。不管他吃什么，光是想象力就把所有食物都消化掉了，因为他的脑子里有最强壮的肌肉，他想到的东西别人想都不敢想。"

"比如呢？"

"你要是再打断，我就把你那条硬邦邦的腿变成坚实的鞭子，抽你一百下。"

"这才像话嘛！"桑迪叫起来，"我就喜欢你这样。"

"男孩虽然很穷，无父无母，却有很多梦想。他梦想中的孟买是个神奇的地方，人们互相帮助，不会打架，也不会偷窃。每次看到马路上发生可怕的事情，或者有人做坏事，他的肋骨都会伸长。起初，男孩怎么也不明白。为什么我的肋骨会凸出来呢？他常常问自己。但有一天，肋骨居然跟他说话了，肋骨说：'我们不是肋骨，是獠牙，我们来这里是为了改变世界的。'男孩叫肋骨闭嘴，因为要是人们发现他的肋骨会说话怎么办？可是，就跟人们没办法控制自己做坏事一样，他拿自己的肋骨一点辙也没有。一天，男孩走在路上，看到另一个患小儿麻痹症的男孩，这个男孩不光腿有残疾，而且好像一点脑子都没有，他还抽烟，幸好有副好心肠。这时，一个叫阿南德·巴依的坏人来到残疾孩子面前，拿刀威胁他说：'不管你挣多少钱都得给我。'这孩子倒挺勇敢，想奋起反抗，他拖着那条有毛病的腿，打起架来跟猛虎一样，但仍然不是巴依的对手。这时，另一个男孩突然发现他的肋骨从身体里冒出来，变得跟獠牙一样锋利，从胸腔伸了出来，可男孩一点也没觉得痛。只见獠牙"嗖"地飞出去，扎进巴依的后背，末了还警告他别想打残疾男孩的主意，说他们是朋友。巴依被一根獠牙扎进后背，疯也似的跑了。从那以后，所有坏人都被獠牙追得四散而逃。面包店老板大胡子就是其中一个，獠牙径直走到他面前，'哐当'一声将面包店的玻璃柜砸得稀巴烂，叫他把面包分给乞丐，否则下次就扎进他的喉咙里。这事还没完，最后，所有人都意识到自己的错误。直到这个时候，獠牙才飞回男孩的身体里，看到人们都变好，它们总算满意了。"

尽管桑迪的烟差不多燃完了，可他一口都没有吸。他的嘴微微张开，盯着昌迪。但昌迪没有说话，只是深吸了一口气，希望真有这么回事，他的肋骨能变成武器，惩恶扬善。

"你的烟抽完了。"过了好一会儿昌迪开口道。

"我……什么嘛！"桑迪看着烟说，"没有，还没抽完呢。"

"把钱还给我。"

"你到底从哪里找来这样的故事？"

"脑子什么都能做。"

"你赢了。要是在大晚上说这个故事，那才吓人呢，我会感觉獠牙就悬在我的屁股上。"

"赶紧把钱还给我。"

"不行，你个乞丐。这里的规矩就是无论如何，我们每个人都要给阿南德·巴依交至少二十卢比。"

"如果我要不到那么多呢？"

"你这是头一天，应该没事。"

昌迪心想，也不知道阿南德·巴依是不是桑迪编出来的。但桑迪对他很好。他可能会干些小偷小摸的事，但不会撒谎。撒谎可比小偷小摸坏。

昌迪看着肋骨和包在肋骨上的皮肉，想象着獠牙在太阳底下闪闪发光的样子。在这样一个只听到痛苦的哭声，却没有一丝欢笑的城市里，他编造了一个压根儿就不存在的魔力，如果他是世界上最大的傻瓜怎么办？他还没来得及回答自己提出的这个问题，艾玛就从那栋烧毁建筑的残垣断壁中出来，朝他们走过来。她将孩子抱在怀中，古蒂跟在艾玛后面，一只手拿着一个褐色的小纸包，昌迪从纸包上面的污渍判断里面包着食物。古蒂的另一只手里拿着昌迪昨晚见过的木盒，就是上面刻着"Om"字母的那个。

"你挣到钱了吗？"古蒂问。

"一共二十。"桑迪说。

"我要了十五，"女孩说，"我卖了一个拉克希米女神像，和一个哈奴曼神像。"

她将褐色的纸包和木盒放在地上。她刚打开盒子，昌迪简直不敢相信自己的眼睛，盒中的颜色一下摄住了他的心魄。他似乎再度回到了孤儿院中，看着三角梅的情形。盒子里全是小神像，都是用黏土雕刻而成，黄的、粉的、红的、蓝的、绿的、橙的、紫的，什么颜色都有。里面还有一尊猴神哈奴曼的塑像，猴子的腿强壮有力，手持神棍。伽内什神长着大象的耳朵，克利须那手持神笛。这些都是昌迪认得的神灵，他在想为什么没有耶稣像呢。

"这些都是你做的吗？"他问古蒂。

"不是的。"女孩说，"一个老婆婆做的。我替她卖而已。她分一半钱给我。"

"那你不用乞讨了吗？"

"不用。我得干活儿。"

"桑迪，你为什么不干活儿？"他问。

"我都跟你说了，阿南德·巴依不让我干活儿，他得允许你干活儿才行。再说了我有工作，我是他的眼线。"

艾玛进入窝棚，坐下来，把小孩放在地上。

"包里是什么？"桑迪问。

"三明治。"古蒂说。

"啊！"

"一个女人给我们的，我已经吃了。"

"够大家吃的吗？"

"一人一个。艾玛还没吃。我觉得这孩子可能快要死了。"

古蒂不带一丝感情色彩的态度让昌迪震惊。他感觉连吃东西的欲望都没有了。

"你为什么这么说？"桑迪问。

"他的嘴唇跟鬼一样白。艾玛的也一样。"

"咱们吃吧。"桑迪说。

昌迪拿起那件白色的背心，重新穿上。桑迪也没说话，把吃的从古蒂的手上拿过来，瞧了瞧，然后转身看着艾玛，艾玛也盯着他，像桑迪根本不是她儿子，而是一尊雕塑似的。古蒂躺在滚烫的人行道上，太阳照在她的脸上，只得眯缝着眼睛。

桑迪给了昌迪一点吃的。可昌迪现在没胃口，但他还是接下了三明治，夹在两片面包中的土豆还是热的，佐以绿色的酸辣酱和大团红辣马沙拉。

桑迪很快把三明治塞进嘴里，眨眼的工夫就吞落下肚，然后又从纸包里拿出一个三明治，将纸包揉成一团扔了。他把三明治放到艾玛的嘴边，但艾玛并没有张嘴，只是慢慢抬起两只手，像接受供奉一样准备收下食物。桑迪把三明治放在她的手掌上，艾玛却扔到地上，在土里揉了几下才放进嘴里。

Chapter4
在另一个世界里

总有一天，所有的悲伤都会消失，卡洪莎就会诞生。

夜幕降临到那棵大树时，桑迪数了数一天挣的钱。他和昌迪整个晚上都在乞讨。桑迪一共讨了二十五卢比，他却只有七卢比。他们仍然没办法用这些钱买任何东西。钱都得给阿南德·巴依。他会把自己的份子拿走，剩下的再给他们。更重要的是，桑迪还得把昌迪介绍给巴依，因为，要是巴依发现有新来的没经允许在他的地盘上讨钱，说不定会把他的大拇指或脚指头剁下来。

昌迪看着桑迪走到那栋烧毁的建筑里去方便。尽管他现在跟古蒂待在一块，可人家根本不往他这边看。他本想问问她艾玛去哪儿了，但想想还是算了。于是他又想，如果艾玛是自己的妈妈他会怎么做。不管她是不是疯了，昌迪也绝不会弃之不顾。

他嗅了嗅系在脖子上的白布，现在闻起来都是他自己的味道，早就没了爸爸的气味儿。他不明白这么一小块布当年是怎样包住他的身体的。

"别再玩你的围巾了。"古蒂说，"我就不明白，这么热的天气，你干吗老系着这块愚蠢的围巾哪？"她手里拿着一个马口铁罐头，正往里瞅——里头八成装了一点钱。"明天就要举行礼拜仪式了。"她说，终于往昌迪这边看过来。

"明天哪？"

"在此之前什么都别吃。"

"为什么？"

"别长胖了呀。你只有瘦下来才能从窗格中钻进去。"

"我又不会偷东西。再说了我也没答应你去偷神庙里的钱哪。"

"那你为什么还赖在这里？出去。"

昌迪被古蒂刻薄的话伤到了，对方居然想当然地认为他会去偷钱，他有点气不过。可话又说回来，他为什么还跟桑迪和古蒂在一起呢？他确实应该离开。他真正的目的是找到爸爸。这时，他发现系在脖子上的布被汗水浸得湿答答的。要是一阵风吹来，把那块布从他的脖子上吹下来，高高地飘到天上去，在烟囱和高楼上方飘荡，他只要跟着那块布，就能飞快地跑起来。等到那块布落到爸爸的脚边，他也同样来到爸爸身边了。但他没有等来风，倒是等来了古蒂的话："今天下午我看到你的肋骨了，说不定会卡在窗格里，你得学着缩回去。"

"我才不要呢。"他回答道。

"照我说的做保管没有坏处。"她用命令的口吻说，"把你的肚子缩进去，胸往里挤，尽可能憋住气。从现在起就开始练习，直到你从庙里把钱拿出来。"

昌迪看着她：小女孩穿着一件明显过大的褐色裙子，手腕上仍然戴着那个橙色的镯子，褐色的眼睛下面有明显的黑眼圈。他发现太阳把她的头发晒得卷了起来，遮住了右眼，尽管是晚上，但她跟周围的环境显得格格不入。这没什么奇怪的，他对自己说，因为她周围是那栋化为灰烬的建筑和一个光线昏暗的商店，她当然挺显眼的，就像一只凶巴巴的小母老虎站在风中，周围是草丛和摇曳的树林。

"你看什么看？"她问。

"我……没什么。我只是在听你说话。"

"我不是都没说了吗？"

就在这时，桑迪出现了。他的眉毛湿漉漉的。昌迪心想，他刚刚准是洗了把脸，也许他跟自己用的是同一个水龙头呢。

"准备好了吗？"桑迪问。

"准备什么？"昌迪纳闷了。

"一起去见阿南德·巴依呀。"

"一起？"

"你是新来的，肯定得去见他。你要是不去见他，身上的'零件'说不定就莫名其妙地不见了。"

"他身上本来就没几样东西。"古蒂嘟囔道。

"啊，看来你们两个成为朋友了。"桑迪说，"古蒂，你知道他会识字吗？"

古蒂一时瞪大了眼睛，不过什么也没说。她将那个马口铁罐头藏在地上的一个洞里，还在上面盖了一块厚厚的石板。"走吧。"她说。

"她也去吗？"昌迪小声对桑迪说，"危不危险哪？"

"你们在嘀咕什么呢？"古蒂问。

"他说你真是个天使。"桑迪道。

"尤其是你说话的时候。"昌迪故意说得很大声，好让古蒂听见。

"如果你不喜欢听我说话，捂着耳朵就行了。"她说，"或者干脆让阿南德·巴依把你的耳朵削下来。"

"她跟你开玩笑的，"桑迪说，"其实她就是爱上你了。今天下午她见过你的肋骨后，把她给激动的，在那儿一个劲儿地说情话呢。"

"闭嘴，"昌迪对桑迪说，"散步的时候能不说话吗？"

"散步？"古蒂说，"你觉得这是去散步吗？哦，我们的确是去阿南德·巴依的院子，沿途还能欣赏美丽的花……"

"古蒂，他什么都不懂，"桑迪说，"我们还是别说话了，否则我们的小贼可能要大发一通脾气，撇下我们，再也不回来了。"

记住"一朝为贼，永世不得翻身"。昌迪希望萨迪克太太的话别老在他耳边回荡。

他们三个经过那栋烧毁的建筑，往一堵灰色的墙走去。墙上有个洞，他们全部钻进去，另一边是学校的小操场。他们走过操场时，发现碎石铺成的地面上有三个洞。也许地上钉过板球柱吧，他想。想起板球他就觉得浑身都有劲儿了。他知道自己长得不高，没办法做个出色的投球手，也没有足够的力气挥舞重重的球棒，将球击出球馆，但跑得很快，他将成为世界上最出色的外野手。如果对面的击球手将球打出边线，昌迪肯定会飞身去扑，使出浑身解数去截住那个球。然后大力将球扔给后捕手，到时候整个体育馆都会沸腾。他想象着掌声在耳边回荡，昂首走过学校操场。

三人走到另一堵墙跟前，出了这堵墙就离开学校的范围，墙上没有洞。不过有扇小铁门。一只流浪狗躺在门边，侧身在那里睡觉，狗的呼吸格外沉重，嘴角滴着口水，身上粘着落叶。他们走近时，那狗睁开一只眼睛，很快又慢慢闭上继续睡觉。古蒂弯下腰，摸了摸狗的肚子道："我的穆提不舒服了。"昌迪看着她将脸贴着狗头，像在跟狗说话，但他听不清她在说什么。接着，她将狗身上的落叶扫去，手心放在狗的脑门上，眼睛眯了一会儿。然后，他们穿过铁门，进入某个街区。

黑暗中，街区里坐落着一间间一居室的屋子，昌迪发现好几个人影在窗前晃动。那里弥漫着浓浓的烟卷味儿，还有婴儿大声啼哭的声音，一只山羊被绑在远处的小木桩上。这里出奇安静，让他很不自在。

"到了吗？"昌迪问。

"是的。"桑迪答道。

"阿南德·巴依呢？"

"在地下室，"古蒂小声说，"地面一开，他会像妖怪一样冒出来。"

"别犯傻了，阿南德·巴依的耳朵尖着呢。"桑迪说。

"昌迪，你瞧见那只山羊了吗？"

"看见了。"昌迪答道。

"那就是阿南德·巴依。"

兄妹两个想尽力忍住不笑。一个老头儿抽着烟卷，摇摇晃晃地经过他们身旁。老头儿指着桑迪有话要说，却被突如其来的咳嗽打断了。咳嗽时他捂着胸口，不过烟卷却一直没掉。等他不再咳嗽了，往他们的方向吐了一口痰，朝山羊的方向走去，接着便一屁股坐在山羊旁边。

"那老头儿讨厌我爸爸。"桑迪说。

"为什么？"昌迪问。

"因为他对艾玛动手动脚。那时候艾玛还挺漂亮的。"

昌迪一时半会很难将艾玛同漂亮联系起来。他闭上眼睛就能看见她的头皮。

"我爸爸不喜欢有人盯着艾玛看。"桑迪继续说，"那个老头儿想对她动手动脚，我爸爸把他打个半死。总有一天我也会让阿南德·巴依吃不了兜着走。"

"不会了，"古蒂说，"我们将来不会待在孟买的。"

"我会回来找他算账的。"桑迪恨恨地。

三个人静静地站着。昌迪看着老头儿吸着烟卷，烟头发出的光越来越亮。

"说话当心点，"桑迪提醒道，"阿南德·巴依随时都会出现。"

"瞧，卓图和穆纳。"古蒂说。

两个男孩朝他们走过来，手里拿着东西，但昌迪不知道是什么。两个男孩不像乞丐，穿着牛仔裤和衬衣，脚上还穿着塑料凉鞋。

"他们是谁呀？"昌迪问。看到他们穿着干干净净的衣服，他不由得心生嫉妒。

"胖子叫穆纳，卖报纸的。"桑迪回答道，"瘦子叫卓图，是个瞎子。他卖电影杂志。不过，他们两个都是训练有素的小偷。我们晚上都会在这里集合，这儿很快就会挤满人。"

果然，很快又有四个男孩来了。昌迪从来没见过这么多残疾人，在一个地方见到这么多残疾人让他很难受。所以他尽量不去看那些比他小得多的男孩，有个孩子没有胳膊，还有一个连鼻子都没有了。

"帅哥"也来了，昌迪尽量不去想苍蝇叮在他眼睛上方那道很深的口子上的情景。

没有风，孩子的哭声渐弱。这时，从山羊站立的角落来了一个无腿的孩子，他把拖鞋穿在手上，坐在木椅上，腰间绑着一根绳子。还有一个女孩，可能比他大两三岁，拉着绳子，拖着木车往前走。男孩不时将套着拖鞋的手掌撑在地上，用力推自己。

"那个孩子叫'头奖'。"桑迪说。

"头奖？"这还是昌迪第一次听到这个词。

"就是说他很幸运，还只有四岁，外国人就给了很多钱，他在富人区克拉巴乞讨。阿南德·巴依非常喜欢他，他来回都可以坐出租车。"

昌迪盯着"头奖"，他的腿怎么会没了呢？人家连腿都没有了，却被称作头奖，这也太残忍了。尽管"帅哥"也名不副实。昌迪认定卡洪莎不能有残疾人。他攥紧拳头，像是梦想的城市就在他的手心里。

他们很快就聚到一起。昌迪看着装有义眼的卓图。他对所有人都侧身站立着，一只耳朵冲着前面。桑迪也是这样站着，像是他的耳朵有毛病一样。

坐在山羊旁边的老头儿朝他们走了过来，这次他手里提着一个藤条篮。他将篮子扔到地上就走开了。有人朝里面扔了一双女式拖鞋、一串钥匙，还有一条崭新的男士内裤，东西堆成一堆。"这是谁弄的？"有人问。随即有人答道："你爸的。他没了蛋蛋后，也就用不着了。"大家哄堂大笑。有人将一个鼓囊囊的钱包扔在篮子里。

昌迪发现小屋子半明半暗的光线底下有个男人的轮廓。那个人将两只胳膊举过头顶，放在低矮的屋顶上。接着，他躬身向前，从楼梯平台上走下，大步朝他们走来，他一边系着白衬衣的纽扣，一边捋了捋头发。走近时，昌迪才发现他炯炯有神的黑眼睛似乎布满了血丝，还有黑眼圈。

桑迪用胳膊肘捅了捅昌迪。这人想必就是阿南德·巴依了。

巴依瞥了一眼藤条篮，摸了摸浓密的胡须，脖子和眼睛下面都是汗珠，随后他将脑门上乱蓬蓬的头发拨开。

"钱包是谁弄的？"他问。

瞎眼男孩举起手。

"跟大家说说吧，卓图。说不定别的兔崽子也能学一手。"阿南德·巴依说。

"我捡的。就这样。"

"啥?"

"这玩意儿掉在地上。我去卡利德音像店后面拉屎,一脚踩在上面,肯定是有人掉的。"

"我还以为是这么多年训练的结果呢。你个瞎子倒还捡了钱包。"阿南德·巴依哈哈大笑,其他人也跟着笑了。但昌迪发现所有人都有警觉,像是只要稍微有点不对劲,就会立马不笑。

"钥匙。钥匙是谁搞到手的?"阿南德·巴依说。

"这是车钥匙。"穆纳说。

穆纳是卖报纸的,昌迪想起来了。瞎子叫卓图,卖电影杂志。昌迪突然意识到他在记这些人的名字,以及他们是干什么的,便马上停下来。

"这是辆白色 II8NE 车钥匙。"穆纳得意地说,"就停在莫汉纱丽店的外头。我趁老莫汉锁好车和店铺后,从他的口袋里掏了出来。他将车停在那里,因为他就住在店铺上面。我故意将报纸掉在他的脚上,他就发火了,在那儿大喊大叫,他一生气我下手就容易了。现在就可以去拿车,莫汉到早上才会发现。"

"很好,穆纳,"阿南德·巴依说,"好啦,哪个白痴把男人的内裤都搞来了?"

"也是我,"穆纳说,"因为偷了莫汉的车后,他就穷得连裤衩都没了，到时候咱们再把这条内裤送给他，那才好玩哩。"

"下回别偷内裤了。"

"好的。阿南德·巴依。"

"女式拖鞋，哈哈。这玩意儿给拉尼好了。穆纳，你把鞋子给拉尼。她就在我房间里。进去的时候小声点。她光着身子在床上睡觉呢。你小子可以先看个够，然后再敲门。你给我搞了一辆汽车，这是对你的奖励。"

"谢谢，阿南德·巴依。"

"我都想去呢。"卓图说。

"你可是瞎子。"

"我就想闻闻。"

"哈哈！你个小王八蛋！还是下次吧。"

"可是我也捡了个钱包。"

"我都说了下次。"

"好的，阿南德·巴依。"

穆纳一瘸一拐地走了，昌迪不由得在想，这种笨手笨脚的人偷东西的时候会不会很麻利。

"快跑哇！"阿南德·巴依说，"要不她可把衣服穿好了。"穆纳飞快地跑起来，巴依摸着胡子说："毛都还没长齐就知道追婊子。可惜呀。"

巴依正待将注意力放在其他人身上，穆纳衬衣里突然掉出一个东西，落在碎石地面上。穆纳没有往地上看，而是径直看着巴依。

"什么东西？"阿南德·巴依问。

穆纳纹丝不动地站在那里，没有回答，现场只能听见山羊咩咩的叫声。昌迪想要认出那是什么东西，却并没有看出来。巴依房间里射出的灯光离那样东西也有几米远。

"我问你是什么东西？"巴依说。

"没什么。我……"

"拿过来。"

穆纳拾起那个东西，拿到巴依面前。"是把刀。"他递给巴依时自豪地说。现在他说话的语气要随意多了。

刀放在某个像皮套一样的东西里。阿南德·巴依把刀抽了出来。"挺大的。"他说。

"是屠夫的刀。"

"偷来的？"

"是的。屠夫去楼里送肉，把自行车放在下面，我在他的包里找到的。这刀真的很大，所以我就拿了。"

"所以你就拿了，哈？"

"是的。带把刀放在身上还是不错的。"

"你打算什么时候给我呢？"

"我只是暂时保管，希望到时候作为生日礼物送给你。"

巴依不由分说狠狠打了穆纳一个耳光。穆纳被打得往后一仰，不过并没有摔倒。巴依倒是很冷静，没看穆纳，用指腹试了试刀刃。

"我跟你们说过多少次了，身上不要带武器。要是被警察看到了，我们就得给他钱。我跟你们这群王八羔子说过多少次了。"

"谁管警察呀？"穆纳说。

巴依手起刀落，划过穆纳的右眼。血立即喷了出去。穆纳手中的女鞋随即掉落在地。穆纳弯腰捂住眼睛，痛得说不出话来。谁也没敢正眼看他。卓图咬紧牙关。他眼睛瞎了不假，但似乎也明白出什么大事了。"啊"穆纳发出一声低沉的叫声，刺耳的声音跟山羊的叫声混在一起。

"带他去达兹那儿。"巴依说，也没特意跟哪个人说。

他在白衬衣上擦掉刀上的血。卓图领着穆纳往他们左边的房间走去。一个年轻人开了门。他看到穆纳后又望着巴依。

"纳温，叫达兹处理。"巴依说。

"出什么事了？"纳温问。这人长得挺瘦，这会儿，正揉着惺忪的眼睛。

"穆纳以为他是老大。你帮他处理一下，兄弟。"

昌迪在想，不知道这人是不是真的是阿南德·巴依的兄弟，也许只是称呼而已。这个年轻人一点也不像巴依。他的胡子刮得干干净净的，人长得特别瘦。

"好的，阿南德。"纳温答道。

他们肯定是兄弟，昌迪心想。谁也没有直呼过巴依的名字。纳温将穆纳和卓图让进屋子，关上了门。

"我有非常重要的事情跟大家说，"阿南德·巴依说，"昨晚城里出事了。你们谁知道拉德哈柏宿舍在哪儿？"

谁也没说话。

"拉德哈柏宿舍在乔格西瓦里。"巴依说，"一家信印度教的在房间里睡觉。一共六个人，还有人说是九个人。具体多少人还不能确定。但这一家人包括两个小孩，还有一个跛腿的女孩。有人从外面把门拴上，从窗子外扔了一个汽油弹进去。这家人被活活烧死。有人说只有那个跛腿的女孩幸存下来了。"

阿南德·巴依抿着嘴唇，伸出舌头抵在齿间，像是有什么东西卡在那里。

"你们知道谁干的吗？"他问。

巴依的问题抛出来后，大家都没吭声，昌迪想起了萨迪克太太。也许她说对了。孟买疯了，人们在自相残杀。

"我给你们一点提示吧，"阿南德·巴依说，"火光冲天的时候，邻居听到有人在喊'真主至上'。我再问你们一遍。谁干的？"

"穆斯林。"有人答道。

"是的，穆斯林。"阿南德·巴依说。

"可他们为什么要烧死那家人哪？"那个没腿的孩子"头奖"问。

"头奖"说话的声音让昌迪感到吃惊，没想到一个孩子的声音会这么轻柔。"头奖"将一只手举到脸上，但很快意识到手上还套着拖鞋，重新把手放在地上，脱下鞋子，然后揉了揉鼻子。

"因为巴布里清真寺的焚烧事件。"阿南德·巴依说。

昌迪觉得这个名字好耳熟，印度教教徒毁了远在阿约提亚的巴布里清真寺，这话是萨迪克太太说的，现在孟买的印度教徒和穆斯林打得不可开交，也是因为这个原因。

那件事发生几天后，拉曼打扫厕所的时候，昌迪问他为什么印度教教徒会捣毁清真寺。拉曼解释说阿约提亚是罗摩神的出生地，几百年前那里有座神庙。莫卧儿帝国一位叫巴布尔的统治者毁了罗摩神庙，在原址建造了巴布里清真寺。现在，印度教教徒想要重建神庙，所以他们毁了清真寺。当时，昌迪还以为拉曼在说醉话呢。

昌迪正想着这事的时候，巴依从白衬衣的口袋里拿出一包黄金叶牌香烟，取出一支烟叼在嘴里，那支烟被轻轻地含在嘴里，昌迪觉得随时都可能掉下来。巴依随即用一个金色的打火机把烟点燃，说话时，燃着的烟就叼在嘴里。

"穆斯林的报复不应该发生。记住我的话，拉德哈柏的火光将燃遍孟买。"他说，"高层已经下命令了，还会有暴乱发生。杀人、强奸这种事将屡见不鲜。"

听到巴依嘴里说出"杀人"两个字，昌迪往后退了一步。桑迪紧紧抓住他的肩膀，昌迪明白，他必须保持冷静，不能再动。

"我已经组织了一群人，"巴依说，"你们这些家伙也必须加入。对你们来说是个不错的锻炼机会。准备去调戏穆斯林女孩吧，就算去抢劫商店都行。别怕，警察也会站在我们这边。"

昌迪觉得很不自在。他不大明白阿南德·巴依刚才说的话。但"杀人"两个字却听得真真切切的。

"你们赶紧把讨来的钱给我。"阿南德·巴依说，"我想今晚就把莫汉的车拿下。希望车况不错，这样我就能很快脱手。'头奖'，你要买辆车吗？"

所有人都笑了。大家很快开始排队。

"帅哥"一点点地往前挪，他那木车下面的滚珠轮没法在碎石路面上滚动。巴依看着坐在山羊旁边的那个老头儿。老头儿本又点燃了一支烟卷，但立马扔了，拿起他刚才一直坐在上面的铁盒，朝巴依走过来，将铁盒放在碎石地面上。

"帅哥"报了他挣的数额。巴依给了他一份，其余都放进了铁盒中。"帅哥"一双手拼命挠头，像是一个星期没洗一样。

轮到"头奖"的时候，巴依揉搓着他的头发。昌迪觉得"头奖"比孤儿院里的小普什帕都小，可知道的事情不少。昌迪盯着巴依那双布满血丝的眼睛和胸膛上渗出的汗珠。即便他们是在开阔的地方，也能闻到一股浓浓的烟卷味儿。也许是没有风的缘故吧。空气一点也不通畅。

"帅哥"将阿南德·巴依的注意力引到昌迪身上。

"你是什么人？"阿南德·巴依问昌迪。

"他是新来的，"桑迪说，"我们把他带来，好沾沾您的福气。"

"我在问这小子。"

"我叫昌迪。"

"昌迪？这是哪门子名字？"

昌迪知道他的回答必须简短，要是表现得有任何不敬都会血溅当场。

"我爸给我取的。"

"你爸爸在哪儿？"

"死了。"

没想到回答得这么快，昌迪就连自己都感到惊讶，但绝不会透露他在寻找爸爸。

"桑迪把规矩都告诉你了吗？"巴依问。

"是的。"

"那你给我说说看。"

"我们挣的都是您的。"

"规矩不错。"

"然后您再把觉得合适的那份给我们。"

"你也看到了，穆纳不守规矩有什么下场。他身上带着刀，这就是不尊重我。现在你讨一阵子钱再说，先熟悉熟悉地盘，然后慢慢去偷。先好好练练再去偷。"

"好的。"

"好的什么？"

"好的，阿南德·巴依。"

"很好。"

"今晚是你头一天开工，我心情不错，挣多少都归你了。"

昌迪听到这话很高兴，但很快纠正了自己的想法，他挣钱的方式并不体面。

阿南德·巴依转身看着桑迪。"对了，我的眼线表现得怎么样？有没有发现什么有用的线索？"

"有，"桑迪答道，"拉明顿路上有家珠宝店。每周一下午三点左右，有个年轻的女人会去买珠宝。她看起来刚结婚没多久。只有司机跟着她，那人长得也不壮。我已经盯了一个月，她每个星期都会去那儿，从不落空。"

"嗯，我们安排一下。"

桑迪告诉巴依他挣了多少钱，拿到自己的份额后，把余下的钱放在铁盒中。

接着巴依又问古蒂："你今天卖了什么？"

"一个拉克希米女神像，一个哈奴曼神像，一个伽内什神像。"她答道。

这时，他们左侧的屋子里传出一声哀号。开着的窗户里射出一道光亮，要么是火光，要么是油灯的光。

阿南德·巴依咂巴着舌头道："准是达兹在给穆纳缝针。"接着他对古蒂说："你现在就不要进那个房间了。不过，老太太又给你做了很多雕像。明天早上过来吧。"

"好的，阿南德·巴依。"

"别担心，穆纳坚强着呢。"

阿南德·巴依这话是说给他自己听的，像是已经后悔不该给穆纳来那么一刀。他们全都默不作声地站在那里，听着哀号声继续。昌迪盯着房间，还能看到墙上模糊的影子，他终于明白为什么那人叫达兹（在印地语中，"Darzi"即指裁缝。——译者注）了，他是阿南德·巴依的裁缝，一些粗陋的针线活儿就归他。这会儿，卓图肯定紧紧地抓着穆纳，达兹正拿着针线给他缝针，他在想达兹到底是不是医生——八成不是。他希望穆纳到时候能上点药，就不会那么痛了。

"我去看看穆纳怎么样了，"巴依说，"你们都回家吧。"然后他转身对桑迪说："回去的路上给达巴喂点吃的，这里有些钱，给他买点羊排什么的。我想昨天到现在还没人去看过他吧。对了，告诉他我晚些时候会去那儿拿线索，他最好有东西给我。"

阿南德·巴依正待进入达兹的房间，一辆白色的车驶入广场。司机让发动机一直开着，车头灯照着碎石路面，昌迪将上面的石子看得一清二楚。车后门开了，一个男孩走出来。昌迪高兴地发现这个孩子身上没有一点残疾。事实上，这个男孩看起来干干净净，浑身上下像被擦洗了一遍。他那件蓝色的 T 恤和白色的短裤似乎也是全新的。他跟昌迪一般大小，但长得眉清目秀，头发遮住了眼睛。昌迪心里暗想，这个男孩很容易被人当成女孩。

阿南德·巴依从达兹的房间里走出来，走到司机的车窗旁，车窗上贴了膜。一个男人的手将一个小包放在巴依的手心里，车窗随即关上。阿南德·巴依将小包放进黑裤子前面的口袋里，看着车掉头开走。

男孩定定地站了一会儿，然后轻轻地朝巴依走去。男孩走过去的时候看着昌迪，大概是发现了新人。昌迪冲男孩笑了笑，但男孩没有反应，只是死气沉沉地走过碎石路面，像是没别的地方可去一样。这时，男孩突然倒在地上，昌迪赶紧跑过去帮忙。他弯腰准备扶起男孩的时候，发现他白短裤上有一摊暗红色的血，血从大腿上淌下来。不知道男孩为什么会流血。阿南德·巴依蹲下来，轻轻地拍了拍男孩的脸。接着，阿南德·巴依盯着昌迪的眼睛，笑了笑，随即移开目光。阿南德·巴依抱起男孩，朝自己的房间走去。

桑迪领着昌迪离开院子。这次，他们三个走的是另一条路。昌迪跟在他们后头，也没怎么留意周围的环境。他竭力想忘记那个男孩。尽管他见过那么多残疾人，但那个男孩莫名让他心神不宁，他不明白为什么阿南德·巴依会冲他笑，也不明白这样的笑为什么会让他毛骨悚然。

"那个男孩是什么人？"过了一会儿昌迪问。

古蒂从地上捡起一根树枝，朝一堵院墙扔过去，墙上是卫宝牌肥皂的广告。

"那个男孩是什么人？"昌迪再次问道，"他身上还有血。"

"他叫'玩具'。"桑迪答道。

这人的名字还真怪，昌迪心想。"帅哥"和"头奖"的名字就取得莫名其妙。现在这个人居然叫"玩具"。

"他为什么叫'玩具'呀？"他问。

"听着……你非得什么都知道吗？"古蒂没好气地说。

"我只是……"

"他必须知道，"桑迪说，"还是让他知道吧。那个男孩叫'玩具'是因为他是大人的玩偶。他们用下流的手段伤害他。你看到的血迹是因为……"

"桑迪……"古蒂打断他的话。

"总之，他属于阿南德·巴依。他很漂亮，却也很脏，他……"

"行了。"古蒂说。

桑迪的脸闪过一丝恶心的表情。昌迪觉得自己应该明白了他刚才说的话，虽然不是完全懂。他为那个男孩感到难过，继而又十分害怕，却不是很清楚心中的恐惧。

三人良久没有说话。一个巡夜人拿着一根很大的棍子轻叩地面，在楼房周围巡查。他注意到他们三个，更加大力地叩打地面。桑迪故意走得慢了，巡夜人似乎有些不爽，不过什么也没做。

"我想去喂穆提。"古蒂说。

"它是只狗，照顾自己没问题。"桑迪说。

"可是它病了。"

"现在还不是时候，等会儿吧。"

古蒂没有争辩，只顾低着头往前走。昌迪后悔刚才不应该打听"玩具"的事，他似乎惹桑迪生气了，真希望自己压根儿就没见过"玩具"。为什么阿南德·巴依会那样对自己笑？他将注意力放在烟卷店里用蓝色橡胶绳挂着的一包奶油饼干上。柜台上还堆着几片切好的面包。

烟卷店前面是一个卖羊肉的。那个人黑乎乎的脸上渗着汗珠，像是被烤架里的煤熏的。昌迪盯着他脸上豆大的汗珠，那个人跟桑迪打了招呼，桑迪将巴依给他的十卢比纸钞拿出来，递到那个人手上。

"你没事吧？"古蒂问昌迪。

"没事，我……"

"别担心，"她说，"只要在街头生活几天，不消几日，该见的一样都不会落下。你在几天时间里将有幸见到大部分大人一生中会见到的东西。这是我爸爸说的。别担心了。"

"好的。"昌迪回答道，"谢谢。"

自从他那晚遇见古蒂后，这是他第一次轻言细语地跟她说话。那人转动羊肉串，用衬衣袖子擦拭着脸上的汗珠。

"你等会儿就能见到达巴，"她说，"我挺喜欢他的。"

"达巴是谁呀？"昌迪问。

"他也是乞丐，跟阿南德·巴依很久了。"

"可为什么阿南德·巴依要桑迪去喂他呢？"

"等会儿你就知道了。"

昌迪不喜欢别人叫达巴（"Danba"在印地语中有盒子的意思。——

译者注）这个名字。这次昌迪没有问。还是别去打听人家叫什么名字了。

羊排熟了，昌迪拿起用报纸包着的肉，将一块肉塞进嘴里，立马吐了出来。"烫！"他都透不过气来了。卖羊肉的哈哈大笑，烤架里的煤烧得噼啪作响，他的脸上又新添了不少汗珠。他们离开后，古蒂将一块羊肉在两只手之间来回抛。她朝羊肉吹着气，尽管上面还冒着热气，还是咬了一口，桑迪已经将羊肉吞落下肚，然后将一块肉递给昌迪。

"趁热吃。"他说。

"这不是给达巴吃的吗？"

"这是送餐费，你就别装好人，只管吃就行了。"

"别给昌迪吃的，"古蒂一脸严肃地说，"他得从神庙的窗格中钻进去。"

"让他吃吧，"桑迪说，"要不这个傻瓜跑的时候会昏过去。"

昌迪没等古蒂同意就将肉塞进嘴里，品尝着羊肉的味道。"这还是我头一次吃羊肉。"他说。

"什么？"桑迪问。

"我们在孤儿院只吃蔬菜、米饭和木豆（dal）。"

"听起来活像座可怕的监狱。"

"不是，那儿挺好的。我们有床，大伙还在那里学会了读书写字。"

"还会读书写字，我跟你说一丁点用处都没有！告诉我，如果穆纳会读书写字，他有办法阻止那把刀将他的眼睛挑出来吗？"

"挑出来？眼睛出来了吗？"

"这样倒好了。"

昌迪很是错愕："为什么？"

"我不喜欢穆纳。他将来想成为老大，老是在我们面前说什么打打杀杀的事。"

"可穆纳的眼睛说不定就瞎了，不是吗？"

"谁知道呢？对了，你喜欢吃羊肉吗？"

"喜欢。"

"你知道是哪种羊肉吧？"

"啥意思？"

"是母羊肉，山羊肉还是羔羊肉……"

"那我不晓得。"

"这是狗肉。"

"什么？"

"这些卖肉的会把流浪狗杀了，把肉烤好。"

昌迪惊恐地盯着桑迪。说不定这又是桑迪的恶作剧呢？昌迪转身看着古蒂，想知道她的反应。但她并没有笑。

"我会吃狗肉吗？"她反问昌迪，"你知道我对穆提的感情。我会吃了穆提吗？"

"吓死我了，"昌迪说，"我感觉有点恶心。"

"我只吃我不认识的狗。"她说。桑迪得意的笑声划破夜空。他把剩下的羊肉用纸包好，然后拍了拍妹妹的背。古蒂则在他的背上重重地砸了一下。他们目睹先前的事情后心情怎会如此轻松？看起来倒是昌迪没办法理解这个陌生的世界。

"我有些事情不明白。"他对桑迪说。

"说说看。"

"如果阿南德·巴依能靠偷汽车赚钱，为什么还需要乞丐呀？"

"乞讨可是笔大买卖，这就是原因。"

"这些钱能让他发大财吗？"

"这不是最重要的，重要的是能让我们一直穷下去。当然也饿不死，死了倒一了百了。像阿南德·巴依这样的人就是想让我们无路可走。我们不敢去找份真正的工作，他会盯着我们。我们把挣的钱给他，给他消息，一旦掉进他的陷阱，这辈子就甭想出来。所以我们才想去偷神庙的钱，这样就能脱离苦海。"

"要是我们被他抓住呢？"

桑迪没有回答。三人再次走到大马路上，到处都是纱丽店和首饰店。那里还有个警局，柱子上是涂着蓝黄色相间的条纹，如果柱子是只老虎该有多奇怪呀，昌迪心想。

那就是只警虎。

这个想法让昌迪兴奋。也许孟买的警察真的需要活生生的老虎帮忙维持治安。总有一天，警局的墙会摇晃，那些柱子会摇身一变成为猛虎，到街上巡逻，到时看谁敢生事，昌迪心想。

他想把这个想法告诉桑迪和古蒂，但古蒂溜了，朝另一个方向走去。桑迪的心思似乎没在这里，昌迪觉得古蒂担心穆提。没想到她自己几乎都吃不饱竟然还关心一只流浪狗，这让昌迪顿生好感。

不久，桑迪和昌迪在一家叫什里·萨蒂扬的珠宝店门口停下来。商店晚上是关门的，路灯在褐色的门上投下高高的影子，钢卷闸门反射出微弱的光，昌迪发现卷闸门上还有一把铁挂锁。桑迪领着他经过商店旁边的一条狭窄巷子。电线和建筑物上的管子暴露在外，水从一根最粗的管子里流出来，滴在一个人的头上。

昌迪的眼睛逐渐适应巷子里昏暗的灯光后，发现一个几乎没有头发的男子，他身上根本没有别的肢体。没有胳膊也没有腿，这人差不多就是方方正正的一块。他躺在地上，只能任由水还是别的什么落在他身上。要是听见有人来了，他会侧过头来睁开眼睛。他身上散发着一股恶臭味。

"达巴，"桑迪说，"吃的。"

刚听到"吃的"两个字，达巴便张开嘴，闭着眼睛等在那里。桑迪将一团羊肉塞进他嘴里。达巴没嚼几下就吞下去。他再次张开嘴，桑迪又将一块肉塞进去。达巴的腰间缠着一块布。那块布邋遢得不成样子，但好歹没有完全光溜着身子。他其实就是一具长着脑袋，还会呼吸的尸体。达巴吃完了第三块，也就是最后一块肉，舔了舔嘴唇，眼睛睁得老大。几滴水落在他的胸口上。

"你能帮我挪一下吗？"他问桑迪，"从昨天开始这根管子一直在漏水，把我淋得够呛。"

桑迪朝昌迪点点头。"帮我抬起他。"他说。

　　达巴看上去约莫五十岁。目光倒挺慈祥，昌迪想。也许是他成天必须盯着天空看的缘故吧，准是吸收了傍晚天空蓝灰色的色彩。

　　"抱着他，把他抬起来。"桑迪吩咐道。

　　桑迪抱着达巴的头所在的一侧身子，昌迪则抱着腰身以下的部分。总算把他的躯干抬起来了。昌迪憋着气——那股味道也太难闻了。

　　"把你放在这里得了。"桑迪跟达巴说。

　　他们把达巴放在地上，离漏水的管子也就一米远。昌迪看了看自己的手，倒也干净。

　　"新来的这小子是谁？"达巴问。

　　"我的朋友昌迪。"

　　"谢谢你帮忙抬我。"达巴说。昌迪点点头。他不敢正视达巴的眼睛，尽管那双眼睛令他想起天空的颜色。

　　"桑迪，"达巴说，"帮我挠挠胸口。我都要抓狂咯。"

　　"哪儿？"

　　"哪儿都痒，求求你。我真受不了。"昌迪看着达巴脏兮兮的身体，心想桑迪怎么会有胆帮他挠痒。

　　"我的脸旁边有个汽水瓶盖。"达巴说，像是能看懂昌迪的心思一样。

　　桑迪拿起那个锯齿状的金属盖，帮达巴挠起胸口。

　　"啊……"达巴说，"用力点，再用力点。"

"告诉我哪儿痒啊。"

"到处都痒！快把我的皮肤挠破，求求你了。"桑迪用瓶盖继续挠着达巴身体上的每一寸皮肤。有的地方，他用的力气比别的地方大。昌迪知道桑迪以前肯定干过这事，因为达巴哼哼的时候，桑迪知道他什么时候感觉舒服，什么时候感觉难受。昌迪在想也不知道达巴怎么上厕所。但转念又想，他身上的那块布也太脏了……

"开始挠脸吧。"达巴说着，闭上眼睛满怀期待地等在那里。

桑迪将手从达巴躯干上拿起时，昌迪发现那个金属瓶盖上留下了一道道血痕。

"阿南德·巴依捎信来了。"桑迪说。

"我听着呢。"达巴说着转过脸来，让桑迪挠。

"他今晚会来看你，希望你有线索给他。"

"我还真有好消息给他。没错，真是好消息，我实在受够了。这次我可得好好跟他讨价还价一番。我不想再干这个了。我想过安稳的生活。"

"我明白。"桑迪说。

"哎呀，连耳朵也痒了，帮忙挠挠耳朵。"

"我得走了，"桑迪说，"我还得让艾玛吃点东西。"

"好吧。你别急着走，过来。我有事跟你说。"

他在桑迪的耳朵旁边耳语了几句，然后重重地叹了一口气。

"答应我，照我的吩咐去做。"达巴说，"万一阿南德·巴依不同意，我需要你的帮助。"

"我……我尽量。"桑迪说。

"谢谢，桑迪，我现在总算可以睡觉咯，可以睡觉咯。"

桑迪将金属瓶盖扔了，拍了拍达巴的胸膛，领着昌迪出了巷子。

昌迪回头看去，发现达巴跟条肉虫一样在地上蠕动着。

"他跟你说什么了？"昌迪问。

"你就别管了。"

"他身上的气味儿也太难闻了。他怎么去厕所呀？"

"他人在哪儿就拉在哪儿。"

"谁帮他洗澡哇？"

"阿南德·巴依不许任何人帮他洗澡。他身上的气味儿越难闻，人们就越会躲着他。如果阿南德同意了，我们会拎一桶水从他身上淋下去。把他身上浇湿就行了。"

"可怜的人。"

"他也许是可怜，但他为阿南德·巴依挣了不少钱。"

"就靠乞讨吗？"

"阿南德·巴依的大头是靠抢劫。他将达巴安排在珠宝店旁边，这样就能听到人们的谈话，从而获得重要的线索。因为客人看不到他，卖珠宝的也不会留意他，他就像一个麻风病人。他很快便会把送货的确切时间，钱放在什么地方，都打听得一清二楚。每次阿南德·巴依想抢劫某个地方，都会用吉普车来接他，把他安排到那里。"

"你是阿南德·巴依的眼睛，看来达巴就是他的耳朵了？"

"没错。"

"那他为什么还不对你们好点？"

"因为达巴死了，他再变出一个就行。"

"什么意思？"

"你以为达巴天生就长成这样吗？他本来一点毛病都没有。在一家伊朗人开的餐馆当服务员。后来有一天被一辆出租车撞了，两条腿就都没了。现在他还能大声念菜单打发时间呢。"

昌迪正准备问达巴的两只胳膊是怎么没的，但突然觉得自己也能猜个八九不离十。他终于明白为什么那人叫达巴了。

阿南德·巴依能将活生生的人变成四四方方的盒子。

❖❖❖❖❖

昌迪怎么也睡不着，老想着达巴在地上不停蠕动挠痒痒的情形。

大马路上，街灯透亮，灯光照在公交车站牌一张宣传画上，画面上是一个穿白衣服的政客。出租车司机将车身的一半停在了人行道上，这会儿正在后座上呼呼大睡，只将脚板从后窗伸出来。一群穿得破破烂烂的小孩经过出租车。领头的是个小男孩，他手里拿着一包东西。小男孩跟其余人错开不少距离。他停下来，坐在人行道上，气喘吁吁地打开那包东西，露出里面的饼干。其余的男男女女围了上来，开始吃东西。一个年龄比他大的女孩在他头上敲了一下，但他并没有还手，而是冲女孩顽皮地笑了笑。

昌迪正要走到街对面，跟那群孩子聊聊，这时突然听到一个声音。

他的身体立即绷得紧紧的，一动不动地待在原地，确保能听得清楚——那个声音如夜色一样温暖。

歌是有生命的。

他跟着歌声的方向往前走去，歌声领着他走过那栋烧毁的建筑。其间，他发现了几小时前去见阿南德·巴依时在水泥墙上发现的洞。通过那个洞口，他能看到学校小操场上的碎石。也许是小鬼在唱歌，说不定就是学校里的学生。她可能想念朋友了，晚上就在这里唱歌，歌声一直在此回荡，直到早晨上课铃声敲响才会散去。他慢慢走过墙洞，可刚一进入操场，歌声便戛然而止，只看到古蒂靠墙坐在地上。

"你来这里干什么？"她问。

"噢，原来是你。"昌迪说。

地上有只人家不要的塑料凉鞋。一根红色的发带在碎石路上飘荡。一根树枝将一间教室的玻璃窗刮擦得吱吱作响。

"刚才是你在唱歌吗？"他问。

"不是。"古蒂答道。

"可是这里也没其他人了呀。"

"你为什么醒了？"

"我睡不着。"昌迪说，"你的声音真好听。我知道是你在唱歌。"

他坐在古蒂旁边，像她一样盘着腿。

"你为什么坐得离我这么近？"她问，"天这么黑，我……我什么也看不见。"

"别担心，我又不会吃了你。"

"你要是真希望我走，我走就是。"

"随你。"

"那我就留下了。你会唱歌给我听吗？"

"不会。"

"求求你了。"

"我不会唱歌给任何人听。"

"那要是我吃了很多东西，到时候胖得像个球，你就得找个瘦子帮你干那活儿了。"

"你这是在威胁我吗？"

"是呀。"

"我一刀宰了你，你个天杀的无赖，再把你切成碎块，当人肉卖了。休想再威胁我。"

"我的天哪……"

古蒂将手放在碎石上。红色的发带吹到她身边，掠过她的膝头，但她并没有去抓，而是捡起一根树枝，在碎石地上划拉着。

"求你给我唱首歌吧。"昌迪说。

"如果我为你唱歌，你会答应从神庙搞钱吗？"

"不行，我不能答应。"

"看着我。"她说。

昌迪看着古蒂。她可能跟他一样大，但看起来却要成熟一些。她每天被日晒雨淋，就连汽车喇叭声都听得比他多，经历比他丰富多了。她还亲眼见到自己的父亲被车轧死，这样的女孩他从没见过。

"看着我的眼睛，"她说，"答应我无论怎样你都要帮我们去拿那笔钱。一旦你看着别人的眼睛许下誓言，就不能反悔。现在就看着我的眼睛。"

昌迪看着她那双褐色的眼睛，感觉胃里像针扎一样痛，他们对视了几秒，尽管昌迪想垂下眼睛，但他实在做不到，于是还是应允了下来。

"我答应你，"他说，"我答应为你们弄钱，但我还是没办法去偷。"

古蒂将树枝扔了，手在褐色的裙子上擦了擦，然后开始唱起歌来。

昌迪觉得她的歌声真是不可思议。

古蒂的声音简直惊为天人，像蕴含五彩缤纷的颜色，每个颜色都是一个音符。昌迪的皮肤像是荡起了涟漪，如果他会飞，一定会从附近教室的玻璃窗中飞进去，然后再完好无损地出来，古蒂的歌声妙就妙在这里。

树叶轻轻地摇曳着，树也仿佛能感受到她的歌声，尘土高高飞扬，像在顽皮地跳舞。

古蒂唱完后，昌迪觉得这首歌有种超越凡尘的感觉，像来自另一个世界，所以，他也想用另一个世界的声音告诉她歌声是多么美妙。他俯身向前，对她耳语道："KhileSomaKafusal。"

"什么？"她慢慢喘着气说，"什么意思呀？"

"这是花园语言。总有一天我会告诉你什么意思。"

"什么地方用这种语言呀？"

"卡洪莎。"

"卡洪莎？"

"没有悲伤的城市。总有一天，所有的悲伤都会消失，卡洪莎就会诞生。"

昌迪小声在古蒂耳边讲述这个秘密的时候，一时忘了现在是夜晚，他周围的一切都发着光亮，树叶、红色的发带、碎石莫不如是。

古蒂将垂至脸上的头发拨开，那双褐色的眼睛睁得大大的。睫毛似乎也变长了，像要伸出来触摸昌迪一样。

"别跟个白痴一样，"她说，"怎么会有这样的地方呢？"

"因为你的歌。你的歌声太动听了，蕴含魔力，能够创造出一座崭新的城市。"

"你疯了吗？"

"是呀。我会一直这样疯下去，直到我们过上幸福快乐的日子。你、我、桑迪、艾玛、艾玛的孩子，甚至包括达巴。总有一天，我们全都会一起在卡洪莎生活。"

Chapter5

回不去的过去

"我会做一只高傲的鸟，飞过大海，永不停歇，我这辈子都要一直飞下去。"

一群男孩坐在手推车里抽烟。桑迪也在其中，就坐在最小的男孩身边，那个小孩剃了个大光头。昌迪看着孩子们将烟在手中递来递去，有人在耐心地等着烟回到自己手中。一个孩子有个马口铁罐，他把那玩意儿当成鼓在敲打。坐在桑迪旁边的光头也开始敲，但他在桑迪那条得小儿麻痹症的腿上敲，还把耳朵贴在上面听，像是那玩意儿会发出声音一样。孩子们哈哈大笑。然后桑迪开始说话了，昌迪意识到桑迪是在讲故事，说的就是他的肋骨变成獠牙的事。昌迪咯咯地笑起来，因为桑迪讲故事的本领真不怎么样。

古蒂双手放在身体两侧，站在街灯下冲昌迪笑着。街灯如同太阳光照在古蒂的头上。大胡子的面包店上面发出微弱的光。昌迪庆幸没有听到房间里传出什么动静。他希望大胡子和他的老婆早就进入梦乡，大胡子的老婆在睡梦中会去到很远的地方，那是她儿时的梦想之地。

"跟我来。"古蒂说。

"去哪儿？"

"坐车。"

"坐什么车？"

古蒂没说话只管往前走，昌迪喜欢她谁也不搭理、自顾走路的样子。他现在已经不怕她了。昌迪觉得有这种嗓音的人心地肯定是世界上最善良的。

古蒂没有看他，而是继续经过一排排关门的商铺。昌迪稍微加快脚步，跟上她，想了想还是让她领头的好。红灯不停闪烁，犹如一双毫无睡意的眼睛，他想。他们往一个十字路口走去，一辆出租车猛地拐了个弯，差点驶上人行道。这会儿，好多人排成排在上面睡觉，尽管出租车的大前灯照在人们的脸上，但是谁也没有醒。

不一会儿，他们经过一家关着门的酒馆。一名皮肤黝黑的男子双臂抱怀站在入口处，凶巴巴的样子不难看出正在守门。酒馆外面有两个男人在抽烟，东倒西歪站立的样子只能是喝多了。昌迪发现商店的屋顶是薄铁皮铺的，上面放着几块大石头，防止屋顶被风刮走。

昌迪发现三个孩子在一家药房的台阶上睡觉，古蒂轻轻地踢了踢其中一个男孩。那个孩子猛然惊醒，但发现是古蒂后，只是笑着嗔怪了一声，又重新把头放在坚硬的石头上。桑迪说孟买本身就是一家孤儿院，看来一点也没说错，昌迪心想。城市里到处都是这样的孩子。昌迪希望街灯是五颜六色的——粉的、红的、紫的、橙的。为什么不行呢？反正它们也能像树一样弯曲。

古蒂在一辆出租车前面停下来，车撞在了人行道上的一棵树上。她弯腰躲在车后面，生怕踩到玻璃上。昌迪也来到后面。

"咱们这是在干什么？"他问。

"躲着呀。"

"躲什么？"

"马。"

"这里有马呀？"

"有哇，你喜欢棕色的还是黑色的？"

"我……我以前从没见过马。"

"今晚咱们就去骑马。"

她这是在开玩笑吗？完全有可能。到时候，她和她哥哥又会哈哈大笑。我跟他说街上有马，那傻子居然相信了，她准会这么说。

"我们得在这里等着。马一准会来。"古蒂说。

"马会自己跑过来呀？"

"当然不是啦，你这个白痴。是马车！"

"大晚上的还会有马车过来吗？"

"当然啦。它们会沿着滨海大道兜圈。要是挣了钱，到深夜它们就休息了。马厩离这儿不远，那个老头儿会从这边来。我们得从马厩走回到窝棚那儿，没问题吧？"

"没问题。"

"你得跳上去。要是被那个家伙抓住，他就会用马鞭抽咱们。所以一定要当心。"

"你以前跟桑迪干过这事吗？"

"没有，桑迪跑不动。"

"哦……对……"

"总之马车一定会来的。"

一想到要跳上马车，昌迪就觉得兴奋。在孤儿院时，他做过的最勇敢的事就是在半夜偷偷溜出孤儿院，在院子里走来走去。不过他可没胆子跑到城里去。现在，他不仅在城里，而且还要坐上马车在城里逛一圈。

两人蹲在撞毁的出租车后面等待的时候，昌迪有了一种重生的感觉。他现在正在一条黑乎乎的马路中央，周围只有楼房、商铺和酒馆，但古蒂的歌声给了他力量。

"你的歌……唱得太动听了，"他跟她说，"从哪儿学的？"

"我自己瞎编的。"她答道。

"你的歌声能创造一个全新的城市……"

"不能，"她打断昌迪的话，"怎么可能？"

"为什么不可能？"

"那首歌是我在爸爸死后编的。他死的那天正准备过马路，我喊了他的名字，他回过头来看我，结果就被车撞了。他当时还在向我招手。因为爸爸的死才有了这首歌。这玩意儿怎么能创造一个全新的城市呢？"

昌迪盯着出租车的轮胎，毂盖扎进了轮胎里。驾驶位的车门凹痕给人感觉车身就像是用黑纸板做的。

她突然攥着昌迪的手。"听。"她小声说。

可昌迪什么也没听见，他看着古蒂的手，看着粘在上面的泥，看着她咬过的指甲，还有那个不曾取下的橙色手镯，顺着她的手看到胳膊肘，发现上面有一道淡淡的血迹，八成是挠痒的时候太忘乎所以了，接着，他又看着那条褐色裙子的衣袖，转而看着她的脸，他告诉自己，即便那首歌是为她爸爸唱的，他也毫不怀疑那首歌能让他达成所愿。

"马车来了。"古蒂悄声说。

她抓紧昌迪的手，他发现自己根本不知道马车打哪个方向来的。古蒂感觉他正看着自己，便将手放在他的头上，让他转了个方向，两人越过出租车引擎盖往那边看去，发现一辆高大的马车朝他们驶过来，两匹黑色的马迈着大步奔跑着，一个老人坐在驾驶位抽着烟卷，卷起的马鞭握在手中，马车的四个轮子像大千世界一样飞快地转动着。马离他们越来越近，昌迪和古蒂等着马车经过，然后跟在后面追上去。后面有个车厢，空间虽然不大，但钻进去没问题，古蒂先跳上去，坐在车上，然后面对昌迪，朝他伸出手。昌迪跟自己说，他不想跳到马车上，不，他想花一辈子时间跟在这个女孩的后面跑，因为他一跳上马车，女孩就不会朝他伸出手了。以前从没有人朝他伸手，尽管他在梦中见过多次，但在梦中，爸爸妈妈来到了孤儿院，他朝他们的怀里飞奔过去。他从没想过自己会同一个年龄跟他一般大、长着褐色头发、牙齿黄黄的女孩在一起，此情此景比梦里的那一幕要好得多。他没有意识到马车正离他越来越远，可他不在乎。他这辈子只想把这一幕深刻在脑海中。

但古蒂吓坏了。她疯狂地挥舞着手，昌迪终于不再幻想，撒开脚丫子跑起来，像会永远朝一个更美好的地方跑下去一样。他很快跳上马车，跟古蒂待在一块，面对这座城市，将其抛在身后。城市的摩天大楼似乎在离他很远很远的地方，但那里也是灯火辉煌。马路两旁浓密的树枝在路中央弯下腰来，马蹄嘚嘚，昌迪喜欢听马撒着欢地在宽阔的马路上奔跑。要是马车能一路跑到孤儿院，那该多好哇。他希望永远不要回到马厩里。

他在想，也不知道这条街叫什么名字。街上有家电影院，牌子上写着"超级影院"。电影院的对面是另一家名为"一千零一夜"的剧院。他很喜欢这两个名字，觉得这两家影院如同兄弟。

他抬头看着夜空，上面点缀着淡淡蓝色。月光洒在他们身体的各个部位，头上、大腿上、鼻头和膝盖上——不久，他们身体的每个部位都渴望被月光照亮。古蒂拍拍手，昌迪咧开大嘴笑着，每颗牙齿都露出来。他看着月光照在商铺的铁皮屋顶上，映在马路上，将夜晚的疲惫一扫而空。他央求月光渗入他的身体，直到满满地溢出来。

昌迪使劲儿探儿出脑袋瞥了一眼马，因为它们也将很快沐浴在月光里。马黑色的皮肤将闪闪发光，街道也将被闪耀的光芒照得透亮。

他在想，也不知道月光会不会将人们从睡梦中唤醒，让他们猛地打开窗户，看见他和古蒂这两个孩子，正张大嘴巴吸收月光。他希望这一幕景象能让大人们跑到街头，疯狂地沐浴在月光下。他看着古蒂将垂至脸上的头发拨开，咯咯地笑起来，他不明白笑声的含义，但几乎同她的歌声一样动听。他冷不丁对她说："你的名字不叫古蒂，今晚我要叫你夜莺。"两人哈哈大笑，唾沫飞溅，昌迪感觉赶马车的老头儿一准知道他们在车厢里，但也并不在意，马往前飞奔的时候肯定也知道。昌迪在想，这个世界是不是只剩下两个人还活着，因为此时此刻他的感觉就是这样，他甚至还想将这种感觉告诉古蒂呢。

手推车上的男孩已经不见了，只剩下了桑迪，他正对着脚挠痒痒。昌迪不知道几点，但肯定很晚了，因为他从没见过这么冷清的街道。到了早上，街上又会很快变得热闹起来，像熟睡的动物突然醒了过来，昌迪觉得好神奇。

"你们去哪儿了？"桑迪问。

"我们去坐马车了。"古蒂答道。

"昌迪，这下瞧见马中间那条腿有多大了吧？"

"别笑话他了。"古蒂说。

"别笑话他？"

"你就别整他了。"

"昌迪给你喝了什么迷魂汤？"

"我说别整他了。"

"昌迪，"桑迪说，"你对我妹妹做了什么？你是不是把你的一根肋骨掏出来，当成魔杖，所以她对你的态度也来了个180度大转弯？你可别太得意。她是我妹妹，要是被我发现你想使坏，我就把你的第三条腿切下来，明白吗？"

"艾玛呢？"古蒂问。

"她在睡觉。"

昌迪没有说话。这里和坐上马车沐浴月光的情形大相径庭，他再次发现这座城市的这个地方是多么凄惨。商铺挤在一块，建筑物的墙面破烂不堪，很多公寓楼的窗户都已经裂开，就连植物都像贼一样匍匐在墙上，哪种房子会让植物像罪犯一样生长。

"整个孟买都跟这里一样吗？"他终于问道，"到处都是旧房子，小商铺，流浪狗和乞丐？"

"不是呀，"桑迪说，"附近还有个大垃圾堆，你是没瞧见。"

"还远不止这些呢，"古蒂说，"我爸爸以前老说这里没有一块地方像孟买。"

"他说得对，"桑迪说，"没有哪个地方跟这个大妓院一样。"

"闭嘴。"古蒂说，"这里有滨海大道，整条路挨着大海，边上是一排排椰树，晚上，你可以看到岸边灯火辉煌的楼房。"

"有花园吗？"昌迪说，"最近的花园在哪儿？"

"空中花园，"古蒂说，"你会喜欢的。所有的树都被修剪成动物的形状，什么老虎啦、大象啦……花园在一座山上，你可以俯瞰整个孟买。"

"是的。孟买的这个小海湾倒是不错，"桑迪说，"大家想来就来，不过一旦来了，就走不了了。"

"桑迪！"古蒂喊道。

桑迪没吭声，古蒂把玩着手腕上的橙色手镯，抬头望着昌迪。

"还有一件事，"她说，"孟买有我最喜欢的地方。"

"在哪儿？"

"阿波罗码头，靠近海边。印度门（印度孟买的一座标志性建筑，位于城市南端海岸边的阿波罗码头。——译者注）也在那里。爸爸以前经常带我去那儿。我们坐在海堤上吃鹰嘴豆，有时还会喂鸽子，他会将鸽子说的话原原本本地告诉我……说如果爬到印度门的圆顶上，就能一路望到海那边的另一个国家。"

"哪个国家呀？"

"我不知道……他没说。"

古蒂再次盯着地面，昌迪觉得她是想爸爸了。刚才那番话让他很兴奋。他想去海滨大道，他喜欢坐在海边，看着太阳照在波光粼粼的海面上。看着整排整排的椰子树在风中摇曳，他能一连看上好几个钟头，就连阿波罗码头这样的地方听起来都挺有意思的。也不知道海那边是什么。他会跟古蒂坐在印度门的圆顶上，远眺地平线，没准会发现另一边有跟他们一样的孩子，他们会一直挥手。还有空中花园……剪成动物形状的树。想象下三角梅修剪成的马！昌迪迫不及待想看到

148

这个地方了。跟他想象中的孟买别无二致。世上的确有这样的地方。

"现在可以去了吗？"他问。

"去哪儿？"

"空中花园哪。"

"不行，"桑迪说，"你们两个先休息一下。"

古蒂顺从地躺在地上。她的脚不小心碰到艾玛的头，但艾玛并没有醒来。那个用脏布包裹的孩子放在一张塑料布上。一只老鼠从旁边爬过去。昌迪起身要将它赶走，但老鼠一溜烟钻进人行道上的一个洞里，昌迪哪里还能够得着。昌迪担心孩子，希望他能待在干净的地方，跟老鼠住在一起，难怪会得病。

古蒂将那个铁盒放在老鼠逃走的洞口，瞥了昌迪一眼，在闭上眼睛之前对昌迪说："明天就该行动了。"

昌迪好希望萨迪克太太就在他旁边，这样或许能给他一些不错的建议。他知道她会怎么说，萨迪克太太准会说偷盗是错误的行为。这个时候，耶稣一点用处也没有，他从不说话。

"睡吧。"桑迪说。

"不，等会儿吧。"

"你想做什么？"

"想事情。"

"想什么事情？"

"什么都想，我会做梦。"

"你醒着的时候怎么做梦？"

"这样的梦才最好哩。"

"你得喝醉了才会做梦。也许能梦见自己抽大麻。不过你连大麻是什么都不知道吧。"

"不知道。"

"穷人用这东西脱离苦海。可就连这玩意儿都得花钱。"

"所以我才要做梦。做梦一个子儿都不用花。"

"你这人为什么这么奇怪？就不能正常点，把痰吐在马路上，把屎拉在裤裆里？"

"跟我说说呗，你到底想要什么？"昌迪问。

"我想离开孟买。"

"这可不是梦想。"

"为什么就不是呢？"

"逃跑可不是梦想。不过，这是夜莺的梦想。"

"夜莺又是谁？"

昌迪看着古蒂。她笑了笑，然后飞快地闭上眼睛，像是浓浓的睡意突然让她招架不住。

"她是夜莺？"桑迪道，"这也太恐怖了，你居然叫她夜莺？你还真喜欢做梦。睡吧。"

"你不回答我的问题我偏不睡。"

"你为什么不饶过我呢？你要是真闲得慌，就去跟老鼠说说话。

去吧，我把盒子拿开，你就能进入那个洞里，在黑乎乎的洞里做你的春秋大梦。"

"你到底想要什么？"

"我要是不回答你的问题，你就不让人睡了，对吗？"

"是的。"

"那行，我告诉你。"

"不准骗人。"

"不骗人。"桑迪瞥了一眼妹妹。她的眼睛仍然闭着。艾玛动了一下，很快又睡着了。一辆警车从巴士站呼啸而过。昌迪马上想到有三只蓝黄色条纹的老虎在警车后面咆哮，如同警报器一样。警虎能去警车到不了的地方。比起警察，它们嗅觉灵敏得多，能很快嗅出窃贼的气味儿。它们会把孟买的孩子当成幼虎悉心照顾。

"好吧，"桑迪抓着他那条僵硬的腿说，"我还是告诉你吧。"

"好哇。"

"不过你可千万不要跟别人说，也不要回过头来再说给我听。我们聊完这个愚蠢的话题后，你得让我好好睡觉。即便上帝现身，在马路中间做羊肉炒饭也不要叫醒我。"

"好。"

"你看到我的腿没？我永远也没办法跑。别说跑，即使走路也感觉像是腿里灌了铅。像是我的怒气全都聚在这条腿里，所以才会变得越来越沉重。就连爸爸死的时候，我也没办法跑到他身边。最后直到艾玛和我妹妹过去了，我才终于走过去。有时候我真希望这条腿不要这么沉重，我真的希望也能像你一样做做白日梦，总有一天……得了吧，这个想法也太傻了，我睡了。"

"继续说呀，桑迪。"

"你到底什么意思呀？我的愿望完全没可能实现。"

"都有可能实现了，那还叫什么愿望？"

"是吗？"

"当然了，就像这样。"

"我想飞，"他小声说，"这是我的梦想，我，古蒂，将来有一天能在孟买上空飞行，俯瞰每一条巷子、商铺、影院、赌场、妓院、斗鸡、板球赛，将这些尽收眼底后，我会做一只高傲的鸟，飞过大海，永不停歇，我这辈子都要一直飞下去。"

"这还真是一个美妙的梦。"昌迪说。

"可永远也无法实现，又有什么用呢？"

昌迪没再说什么，他想跟桑迪说起那个没有悲伤的城市：警虎是怎样在街上巡逻，保护他们的，那里鲜花遍地，水龙头会汩汩流出纯净的雨水，最要紧的是，那里谁也不会变成残疾，人们也不会互相伤害。

"现在我也有个问题要问你。"桑迪说。

"什么问题？"

"你为什么老是系着这条围巾？哪怕热得要命也不会取下来。"

"这不是围巾，"桑迪说，"而是……"

昌迪拿不定主意是否要将这块布的来龙去脉告诉桑迪。倒不是说他不信任桑迪，而是想一直守着这个秘密，直到找到爸爸。但他又不想对桑迪撒谎。

"这块布是萨迪克太太给我的，在孤儿院的时候由她照顾我。看到这块布就会让我想起她。"他说，"它会给我带来好运。"

"你这人还真是奇怪，居然相信在孟买这样的城市也会有好运，"桑迪说，"不过，真要离开这个鬼地方确实需要运气。那你还是系着吧。我们都指望你了。好啦，睡吧。"他转身对着昌迪，躺了下来。

这时，突然刮来一股大风，风越来越大，让昌迪很是不安。也许风是想告诉他什么事情。没错，就是想告诉他，他都十岁了，别像个傻子一样相信警虎和三角梅马这档子事。空中花园是由植物修剪而成的。那些植物在被修剪成动物时肯定在痛苦地尖叫。

他起身四下看了看。巴士站后面的两棵椰子树被大风吹得东倒西歪，树枝就跟翻转过来的伞一样指着天空。多么奇怪的夜晚哪，马车之旅真是太美妙了，连月光都比往常明亮。可眼下天空却在发怒。

❖❖❖

早晨，天空笼罩在一片阴霾中。面包店开门了，昌迪从他躺着的地方看到面包店上面的房间里有个女人。

她系着一条粉红色的头巾，手里拿着一本小书，在那儿喃喃自语，兴许是在祈祷，希望不再受丈夫的伤害。

昌迪感觉后背很痛。他仍然没有习惯在人行道凹凸不平的石板上睡觉。痛还有个原因——有东西整晚在他背上窜来窜去。那个挥之不去的念头终于深刻在他的脑海里：今天他就要变成一个贼了。但他仍然希望有别的法子。一定会有的。

过了一会儿，桑迪醒了，很快起身。

"去找东西吃吗？"昌迪问。

"不了，"桑迪说，"我先得找点别的东西。"

"什么东西？"

"老鼠药。"

"干什么用？"

桑迪没有回答，昌迪很纳闷，老鼠药一点用处也没有。那玩意儿也许能毒死一只老鼠，撑破天也就十只，但在这样一个鼠灾成患的城市里又有什么用呢？不过，他仍然没有质疑桑迪的做法。毕竟，那是桑迪自己的钱。昌迪自己也有钱，但他花一分钱都会心疼。

有那么一会儿，昌迪只是看着出租车慢慢驶过，然后又将注意力放在临街的公寓楼上。这些楼房的大部分窗户都是关着的，也许是因为昨晚的大风所致。只有几名男子站在窗户旁看着街上的景象。有几个人穿着白背心，挠着胳肢窝，有些人因嚼槟榔而将嘴巴弄得红通通的。尽管槟榔有着亮丽的色彩，但昌迪不喜欢槟榔将嘴巴染得红红的，到时候满大街都是这样的颜色。

"我可以跟你一起去吗？"昌迪终于问道。

"不行。"桑迪说。

"为什么不行？"

"我有事。"

"可我必须跟你说说今天下午的事。"

桑迪从那棵树往前走去，在离面包店还有相当长一段距离后，过了马路。昌迪也跟上去。

"你今天下午要用的油在我们身上。"桑迪说着擤了擤鼻涕，"等回来的时候把瓶子给你。"

"你去哪里弄的油？"昌迪说。

"去神庙附近的烟卷店里偷的。"

昌迪记得头一天来城里的时候，烟卷店老板将饼干罐盖子重重地砸在他手腕上的一幕。不过，从某种程度上说，昌迪不算白挨那一下。毕竟，偷来的油是要给他用的。

"这个计划很简单，"桑迪说，"古蒂会坐在神庙外面卖神像。我也会跟她在一起。你就待在我们视线之外的地方，也就是烟卷店后面，但一定要确保能看到我们，知道吗？纳姆迪奥·戈希进去的时候，就是叫你往身上抹油的信号。礼拜仪式一旦结束，他会跟僧侣一同离开。神庙会关闭一段时间，你得从侧窗溜进去。那扇窗户从街上看不到，但你必须从那里钻进去。到时候还需要一个锤子。我会放在侧窗下面的地上。"

"用锤子干什么？"

"钱放在一个很大的塑料盒里。先把锤子从窗户扔进去，然后你进去，用它敲碎盒子。"

"我拿到钱后在哪里跟你们见面？"昌迪问。

"格兰特路车站。"桑迪说，"走过学校操场后往右拐，过马路后就会来到格兰特路站。往一号月台走，站在售票窗口附近。我会把艾玛和她的孩子带去。你只管在那里等着。即使我们迟迟没来，也得在那里等着。"

"我会等的。"昌迪说。

"你个白痴。"桑迪说，"一定要在神庙里就把钱装进口袋。只拿纸币，不要拿硬币。出来的时候不要紧张，就当在逛花园一样。真要被发现了才跑。千万记住，只有你自己知道你偷了东西。即便你的心脏跳得很快，别人也听不见，所以不要紧张。你从窗户钻出来之前，一定要往窗外看看。我们就在外面，会给你发信号的。"

"要是神庙的窗户是关着的呢？"昌迪问。

"做礼拜的时候，因为要烧香，他们会把侧窗打开，好让香味散出去。小偷就能趁机溜进去。"

"我不是小偷。"昌迪尖声说。

"好吧，好吧。"

"这么多年为什么没有人去偷神庙的钱呢？"

"没人有这个胆量。"

"为什么？"

"第一，所有人都认为这座庙很灵验，所以从里面偷东西可能会带来霉运。"

"还有别的原因吗？"

"神庙是由阿南德·巴依罩着的。"

"噢……"

"在投票的时候，纳姆迪奥让阿南德·巴依把人们暴打一顿。阿南德·巴依的帮派还是很厉害的在选举期间，他们利用神庙贿赂警察。警察进来祈祷，到时候再把钱卷出去。"

"做礼拜的时候，阿南德·巴依会去那里吗？"

"有可能。但用不着担心，他喜欢喝大麻奶，每次都喝得醉醺醺的。"

"什么东西？"

"就是将大麻放在牛奶中，一口喝下去。"

"要是被他发现，我们就死定了。"

"等他发现的时候，我们早就在火车上了。还有问题吗？"

要是我被抓住毒打一顿怎么办？要是我的肋骨让我卡在窗格之间怎么办？要是我正往里面钻的时候，窗格自己动了，往里面挤，把我压扁了怎么办？要是我找不到一号月台怎么办？

"没别的问题了。"最后昌迪这样说。

他们来到一家汽车轮胎店后面的巷子里，边上是普什帕克书店，一群小学生和家长在外面排队。桑迪进入一栋小楼，楼房的拱形入口刷着亮黄色的漆，但其他地方呈现出一片破败之相，墙体也已剥落。窗户上的铁格子让整座小楼看起来更是锈迹斑斑。这会儿，桑迪和昌迪进了一条十分狭窄的走廊。昌迪深吸了一口气，闻着各种食物的味道，还夹杂着垃圾堆刺鼻的气味儿，垃圾堆在楼房一个四四方方的露天平台上，准是这里的居民将垃圾扔到这里的，昌迪看到平台上有绿色的塑料袋，还有很多蛋壳和香蕉皮。

桑迪敲了敲一扇上面贴有湿婆像的门。他冲昌迪做了个手势，叫他躲起来。湿婆头发上呼之欲出的眼镜蛇令昌迪想起古蒂的木盒，他好想跟古蒂一样有个正儿八经的工作。

门开了，昌迪看不见来人是谁，但从那个人咳嗽的声音判断，昌迪知道是个男的。

"我来拿药。"桑迪说。

"啥？"

"阿南德·巴依叫我来的。"

"噢？我以前怎么从没见过你。你叫什么名字？"

"拉朱，我两周前跟穆纳一起来的这里。"

"穆纳呢？"

"他受伤了，眼睛上面被划了道口子。"

"我怎么还是不认识你？你的脸长成这样……"

"萨希布，上次……我来这儿的时候，你喝醉了，也许是这个原因你不认识我吧。"

"你这头两条腿的猪，还真让你说对了。因为我现在还醉着呢！好啦，你到底想要什么？"

"老鼠药……"

那人当着桑迪的面"嘭"一声把门关了。昌迪不知道他葫芦到底卖的什么药。过了一会儿，门又开了。那人递给桑迪一小包东西。

"代我向阿南德·巴依问个好。你刚才说叫什么名字来着？"

"拉朱。"桑迪说。

"拉朱。"那个人说，"希望你多干掉些老鼠！"

那个人猛地把门关上。接着昌迪便听到他撞上家具的声音。桑迪匆匆出了过道，经过露台的时候，昌迪看到一颗西红柿从楼上掉下来。

"你为什么不把你真名告诉他。"昌迪说。

"因为阿南德·巴依没有派我来。"

"可那人会认得你吧？"

"穆纳经常来这里给阿南德·巴依拿毒药，去干那些见不得人的勾当。他老是戏弄这个醉鬼。他开玩笑说这家伙大清早就会醉得不省人事。所以我才知道这些。我以前从没来过这里，刚才也只是碰碰运气，我知道这东西要是阿南德·巴依订的，他不会收我钱。希望这个醉鬼根本不记得我到过这里。"

昌迪想起孤儿院的拉曼，他喝醉酒的时候老喜欢自言自语，但拉曼绝不会撞到家具上。他要喝醉了只会昏过去。

现在他们又回到街上，昌迪踩在一张丽瑞尔香皂的包装纸上，将包装纸拿到鼻子底下闻着香味。孤儿院的肥皂几乎没有香气。洗完后香味就立即消失。

不久，昌迪周围的景象又变得熟悉起来：邮局、珠宝店，那个墙上印着蓝黄色条纹的警局，昌迪想去摸蓝黄色条纹的柱子和墙，那毕竟是警虎的皮毛。它们的肌肉像荡着涟漪的波浪，他在心里想。谁也没见过这么凶狠的动物，它们的咆哮声将响彻整座城市。

不久，他和桑迪回到达巴所在的地方，也就是位于商铺和那栋布满烂水管楼房之间的过道里。他的脑袋边上放着一个金属碗，碗里放着硬币。他看着桑迪，冲他笑了笑，但桑迪并没有笑。

"阿南德·巴依来过了吗？"桑迪问。

"来过了。"

"情况怎么样？"

"我跟他说我这里有个天大的好消息，告诉他，珠宝店要被转卖了，到时候店铺将搬到另一个地方，我本来想把确切的时间告诉他，但想了想还是没说。我说希望他能让我退休，如果每天能给我一笔足够的钱，就心满意足了。我给了他这么多线索，这笔钱其实已经很便宜了，还说我只想过平静的生活，甚至跟他说，我可以跟你一起生活，你会照顾我。我只想待在一个地方，而不是像牲口一样挪来挪去。"

"他笑了，然后跟我说，'你是我整出来的，什么时候退休我说了算。'他这么说早在我的意料之中。那个狗杂种就算千刀万剐也不为过，你记住我的话，他要是不死，老子就不叫达巴。"

"对不起。"

"我叫你拿的东西你带来没？"

"达巴，我……"

"桑迪，你可别叫我失望。我早料到阿南德·巴依会让我失望。你到底带没带来？"达巴哆嗦的样子说明他很想要桑迪带来的东西。

"带来了。"

"在哪儿呢？"

桑迪转身看着昌迪，头朝这边努了努，示意昌迪离开，昌迪往边上挪了挪，但目光仍然放在达巴身上。

"把毒药给我看看。"达巴说，桑迪打开那包老鼠药，将黑色的药丸倒在手心里。

"很好，"达巴说，"也不用婆婆妈妈，直接塞我嘴里。"

"不行，"桑迪说，"我办不到。"

达巴想坐起来，或是想靠在什么地方。他想用嘴直接去吸桑迪手掌里的东西，但因为没有四肢，几乎没法动弹。

"桑迪，你的脚也瘸了。你跟我一样跟狗没什么区别，不过你的日子还长着呢，这点是肯定的。总有一天你也需要帮助。你就答应我吧。把药放在我嘴里，只管走好了。"达巴说，"离开这里。"

"我下不了手。"桑迪答道，"求你了……"

"把我翻过来，让我趴在地上。"

"可地面会把你的脸擦伤。"

"照我说的做。"达巴生气地说。

桑迪将达巴翻了个身,让他趴在地上,达巴将一边脸贴在地上。

"把毒药放地上,离开这里。"达巴说。

桑迪的手掌翻转过来,一瘸一拐地走出巷子。昌迪恐惧地看着达巴舔着老鼠药。

那天下午三点左右,昌迪在烟卷店后面等着。他强迫自己看着贴在烟卷店后面那张"快乐裁缝"的广告。一张男士衬衣的素描占据着广告的大部分画面,男人笑得格外灿烂,衬衣前面的口袋里插着一朵玫瑰,底下是裁缝本人的承诺:快乐裁缝叫你快乐。广告画里伸出一枚大钉子,昌迪很小心,生怕钉子刮伤自己。

他从这个位置能很好地观察神庙。那里看起来根本就没有神庙该有的样子,昌迪心想。那里本来只是一座一层楼的房子,后来被改造成神庙。除了那堵黄色的墙,这栋楼没什么特别的地方。谁知道伽内什神会不会将这栋公寓楼当成家。要是他迫于无奈才住在这里该怎么办?要是他正等着昌迪这样的人去救他呢?那昌迪做的就算是正义的举动。他看着神庙外面做花环的老妇人,这些念头从他的脑海里冒出来。昌迪听不见她说什么,但从她摇头晃脑的样子可以判断她正哼着歌。她检查了一遍刚刚做好的花环,只见她将花环举到前面,像把花环当成了卷尺。这会儿,灿烂的阳光将花环上的金盏花照得格外炫目,老妇人将花环挂在货摊顶上的钉子那儿,揉了揉眼睛,然后睁得大大的，跟着又开始做起花环。昌迪在想，她为什么只穿着一件普通的白色纱丽，像她这种卖花环的女人就应该像花一样绚丽多彩。

他将偷来的油瓶攥在手里。要是烟卷店的老板看见他怎么办？要是那个人到商店后面尿尿怎么办？不会的，柜台那儿一定会留人的。

昌迪能从他等待的地方看到桑迪和古蒂，两人挨着老妇人的货摊站在神庙外面。桑迪没穿上衣，古蒂拿着几个神像，但看不到她的木盒。也许她没有将木盒带过来，因为要跑的话，拿着木盒也不方便。

昌迪庆幸自己从没进过神庙。要是他跟伽内什神打过照面，再去偷东西的话肯定比现在还要丢脸。昌迪是从《月亮妈妈》里面的插画里认识伽内什神的，那个故事讲的是伽内什神的诞生。有孩子问过伽内什神是不是真的，萨迪克太太说他只是人们杜撰出来的，但昌迪说这可没法证明，他进而解释，伽内什神的心地肯定很善良，又善解人意，他的象耳很大，无论印度人住在多么偏远的地方，只要向他诉苦就都能听到，他多出来的一双手让他一次能帮助很多人。今天，昌迪打算祈求伽内什神原谅他。请将你的象鼻放在我的头上保佑我，原谅我这个小偷。我答应你下不为例。

一辆顶上放着红色警报器的白色大使牌轿车就停在神庙所在的路口。一辆警用吉普车停在轿车旁边。轿车的门开了，一名穿着无领长袖衫的男子走出来。昌迪觉得这个人应该就是那位政客。这也不难判断，周围人都在对他点头哈腰。昌迪不记得政客的名字，但这没什么要紧的。他突然非常害怕，先前根本没想过警察会来。

接着昌迪想起桑迪同他说的话了。万一被抓，就立马哭。不管抓他的人是谁，都带到艾玛那里去，死活咬定艾玛是他妈妈，他只想给她和孩子买点吃的，买点药。他用不着担心。但昌迪还是很怕。没错，如果被一个普通市民抓了，可能打他个耳光就把他放了，但这可是警察。他希望他们快点离开。他正这么想的时候，一名巡警从吉普车里走出来。那个人取下帽子放在仪表盘上，跟着政客朝神庙走去。

政客出现后意味着昌迪必须往身上抹油了。他打开瓶盖，倒了些油在手里，手忍不住直哆嗦。他在想也不晓得桑迪知不知道政客的车后面总会跟着警车。也许是桑迪故意不告诉他的。

现在，昌迪的手上沾满了油，他刚才忘记把背心脱下来。但他总算还是把衣服脱了放在地上。他想是不是也要将系在脖子上的白布解下，但想想还是算了。他先前早就拿定主意，只有找到爸爸才会把白布取下来。

他开始往胸口上涂油，一边将油均匀地抹开，一边盯着对面的窗户，虽然他觉得谁也不会在意他往身上抹油这档子事。不过，他发现往背上抹油挺费劲的，但好歹也算涂到了。他庆幸自己这两天几乎没吃东西，比以前更瘦。但恐惧的感觉再度向他袭来：真的能从窗格钻进去吗？要是警棍在他的胸脯上用力敲一下，肋骨怕是会断了。

昌迪往上看了看。那名巡警突然从视线里消失了。他猛一转身，要是被警方察觉，偷偷走到他身后将他带走怎么办？到时候他肯定百口难辩，真到了那一步，他愿意用自己这两条跑得快的腿换桑迪那条残疾的腿。

那名政客现在已经进了神庙，警察也重新出现在昌迪的视线里。他就站在神庙外面，离桑迪没几步远。昌迪顿时感觉轻松了，现在桑迪肯定会放弃计划了，既然见了警察，肯定会觉得意图偷窃的行为很愚蠢，准会离开神庙。他们会想别的法子弄钱。虽然没那么快，可他们有脑子，一定有办法救下那个孩子，离开这座城市。

至少有十个人跟政客进入了神庙，桑迪和古蒂仍然站在神庙的窗户旁边。他们看起来并不担心那名警察。昌迪从烟卷店后面出来，朝两人走去。没错，现在他的前胸后背都抹了油，但现在已经没什么要紧的了。他看到桑迪已经发现他走过去，一脸的惊讶。古蒂朝他的方向走了几步，桑迪双手放在髋部，站在原地没动。昌迪知道她肯定管他叫胆小鬼，他羞愧地低着头，随即又决定直视她的眼睛。他鼓起勇气，抬起头，古蒂加速朝他走了过来。

还没等他反应过来，一股巨大的冲击波令昌迪迎面摔在地上。大块水泥从天而降。他捂着头，趴在那里。过了几秒钟，他抬起头，发现周围都是浓烟。因为涂了油，身上沾满了白色的粉尘。昌迪四处寻找古蒂，他意识到自己现在是站立的。神庙的窗户破了个大洞，窗格也不见了。他几乎听不见周围的声音。这时，他看到地上有堆东西后尖叫起来，可他连自己的声音都听不见。趴在地上的是桑迪，后背已被炸开。昌迪跟跟跄跄地朝桑迪走去，但他的腿一点劲儿都没有，"扑通"一声倒在地上。他仍然什么都听不见，开始往前面爬，终于把桑迪的头翻转过来，他的嘴在流血，昌迪将头放下来。现在，他能断断续续地听见一点声音，含糊不清的呻吟声传入耳际，他轻声喊道："古蒂，古蒂。"他站起来，四下看了看，朝呻吟的方向走去，结果被一具男人的尸体绊了一跤，他惊恐地爬开，结果被一块水泥挡住去路。神庙的一口铜钟倒在那块水泥的旁边，街上到处散落着鞋子，他仍然找不到古蒂。街上有一只胳膊，手腕上还戴着手表。然后他看到一个穿褐色裙子的人影，正朝远离他的方向，也就是原本是神庙的方向爬去。他朝她走过去，一把抓住她的手腕。被人突然抓住后，她吓得尖叫起来。昌迪连忙说："是我，是我。"可她望向他时，昌迪才发现不是古蒂，而是一名成年妇女。他松开那个人，女人爬走了。他身边一个男人痛苦地扭动着。那人的脖子和肚子上全是大块大块的碎玻璃。昌迪咳嗽不止，捂着嘴巴，防止粉尘进入肺里。昌迪就要倒下去的时候，发现一个自行车轮子，一只手放在轮子上，手腕上戴着橙色的手镯。尽管他的双腿就要支撑不下去，但还是朝手的主人走去，将她的头轻轻抬起。

血从她的鼻子里流出来，额头上有道很深的口子。他往四下看了看，想找人帮忙，但周围喊叫声不绝于耳。他使劲儿摇晃古蒂，呼唤她的名字，但她毫无反应。

鼻血流到了嘴里，昌迪必须带她去小诊所。他试图将她抱起来，可太沉了，所以他只能拖着她的胳膊，也许他不应该这么拽着她走。要是把胳膊拽断了怎么办？他弯下腰，把吃奶的力气都使了出来，终于将古蒂扛到肩膀上。他四处寻找诊所的门，这时，三名男子朝他跑过来，但他们视若无睹地经过他身边，三人朝那辆白色大使牌轿车跑去，那辆车已经着火了，警车也翻了过来。

昌迪终于来到诊所的门口，但门是关着的，他小心翼翼地把古蒂放在诊所的台阶上，重重地敲着门。他想大声喊人救命，可怎么也喊不出来。结果，他只能更加用力地敲门。医生为什么不开门哪？他使劲儿踢门。现在终于能喊出声音了，他尖叫起来，却语不成句，只是号叫着，他一边叫一边用拳头砸门，手砸破皮后感觉一阵生疼。他看了看周围，突然意识到谁也帮不了他。想到这儿，他一屁股坐了下来。昌迪在诊所的台阶上坐了一会儿，当什么也没发生，只是直愣愣地盯着神庙的残垣断壁。两只流浪狗站在他身边。他连呼吸都变得困难。他没有看古蒂，看着两只狗时心情会好些，它们倒很安静。

良久，昌迪终于动了。他用手揩掉古蒂脸上的血。周围空气中的浓烟和粉尘仍旧混杂在一起，昌迪觉得自己在烟雾中看到了趴在地上的桑迪。他强迫自己瞥向别处，却又发现了另一具尸体——那个做花环的老妇人。她躺在地上，身上撒着金盏花和百合花，那件白色的纱丽已被鲜血染红。古蒂并没有死，他告诉自己。她不能死的。他早知道偷神庙不会有什么好下场。昌迪看着她额头上那道口子，跟穆纳的伤痕有几分相似。想到这儿，他站了起来。只有一个人能救古蒂。

如果达兹能治好穆纳的伤，那他也能治好古蒂。

阿南德·巴依的院子离这儿不远，他跟自己说，我能去那里。他从诊所的台阶上跳下来，撒腿就跑，他跑得比当初逃离孤儿院还快。要是偷了神庙里的钱，顶多也只能跑得这么快，但这次的东西比钱更宝贵。但是，尽管他跑得比以往任何时候都要快，可视线却变得模糊起来。他周围的商店开始旋转，腿一软，"扑通"一声倒在地上。他最后看到的东西是天空，那是午后黑压压的天空。

昌迪恢复意识后，害怕极了，但很快便记起自己为什么害怕了。一个老人将手搭在他身上，昌迪抓住老人的手，站了起来。幸亏周围的商店不再旋转，他快步往前走着，不久又开始跑起来，很快，他的身体如同街上一道银色的流光。他在想也不知道是不是跑对了方向，直到看到那家装有空调的时装店和希林咖啡馆的时候才松了一口气。他看到他们睡觉的树就在远处。人们从他身边经过，飞快逃离神庙。药店老板重重地关上卷闸门。救护车的警报声呼啸而至，昌迪又开始担心起来。

昌迪感到连呼吸都变得困难，却惊讶地发现自己居然只跑了一小段距离。但他很快尝到嘴巴里有股泥土的味道，这才意识到鼻孔被粉尘堵塞。现在也没办法处理，他不敢停下来。昌迪安慰自己，奔跑的时候不需要空气，只需要将腿迈得飞快。

他从那棵树前面的巷子里横穿过去，跑过那栋烧毁的建筑，又很快从墙上的洞里钻了进去，来到操场。他惊讶地发现那群穿白衬衣和卡其色短裤的男孩，还有那群绑着蓝色发带的女孩。他们也在跑，不过却是在玩一种叫作萨克利的游戏，他们手挽着手形成一条"锁链"，想要抓住一个男孩，那个男孩正在想方设法逃脱。他们像压根儿就不知道爆炸的事。昌迪从他们中间冲了过去，游戏暂时停了下来。

他很快来到阿南德·巴依的院子，朝达兹的房间冲过去，使劲儿砸那扇关闭的门。可是并没有回应。他继续用力敲门，门突然开了。是阿南德·巴依。昌迪不知道说什么，他没想到开门的是阿南德·巴依。阿南德·巴依赤裸着上身，露出毛茸茸的胸脯。

"你是谁？"他盯着昌迪问道。

"是我，昌迪……"

昌迪突然意识到，人家肯定认不出他了——他身上全是白色的粉尘，睫毛都粘在一起，他飞快眨着眼睛，用手指头使劲儿揉了揉。"我是桑迪的朋友。"他解释道。

"有什么事？"

"神庙发生爆炸了。"昌迪说。

"我知道了。出去。"

昌迪听到房间里传出痛苦的呻吟，但他不想让自己分心。

"古蒂受伤了。"昌迪说，"请救救她。"

"大家都受伤了。"阿南德·巴依说，"滚。"

"请让达兹……"

阿南德·巴依"嘭"一声把门关上了。昌迪简直不敢相信。他的胸脯起伏得很厉害，然后发现上面还有血。肯定是古蒂的。他也许不应该把古蒂一个人留在那里。要是别人误以为她死了，把尸体拖走怎么办？要是桑迪还在就好了，他肯定会有办法救古蒂。他必须让达兹知道这事。也许他是个好人，会可怜昌迪。他再次用尽全身力气敲门，尽管他也担心阿南德·巴依会像对穆纳一样给他来一刀。但为了救古蒂，不管冒多大险都值。这次昌迪知道他必须引起阿南德·巴依的注意，这样，他开门的时间才会长一些，只有这样才能让达兹注意昌迪。可他该怎么说呢？

阿南德·巴依再次打开门。

"我都说了，叫你滚！"

"我有消息告诉你。"昌迪说。

"什么消息？"

昌迪还没来得及思考，一个名字脱口而出："达巴。"

"达巴怎么了？"

"他死了，吃老鼠药死的。"

"他自杀了？"

"我亲眼所见。"

"你想说什么？"

"达巴跟我说了一个秘密。"

有那么一会儿，阿南德·巴依只是一动不动地站在那里。他把着门，盯着昌迪。

"达巴跟我说了一个珠宝商的秘密。"昌迪想努力记住珠宝店的名字，但总也想不起来，"那个珠宝商准备把店卖了。我知道珠宝转移的确切时间。"

"听着，昌迪，你要是敢撒谎，我就当场掐死你。"

阿南德·巴依的嘴几乎贴在昌迪的嘴上。

他的胡子上还粘着两粒饭，看起来像吃饭的时候赶时间，或者吃到一半就没吃了。

"求求你了。"昌迪哀求道，"让达兹救救古蒂，我什么都告诉你。"

"你先将达巴跟你说的事告诉我。"

"达巴说那个珠宝商明天会把珠宝转移走。"

"具体什么时候？"

"那只能等你救了古蒂我才告诉你。"阿南德·巴依狠狠地打了昌迪一巴掌。他将手放在昌迪的耳朵上，昌迪感到耳朵嗡嗡作响，那声音似乎直往昌迪的脑海里钻。

"谁也没资格跟我讨价还价，明白吗？"阿南德·巴依恶声恶气地说。

"古蒂怎么啦？"一个女人说。

声音是从达兹的房间里传出来的。一个老太太撑在开着的门上。她满脸褶子，皮肤就像用皮革做成的，眼睛眯成一条缝。

"进去。"阿南德·巴依吩咐道。

"古蒂怎么啦？"她再次问道。

"她伤得很严重，"昌迪说，"你要是不救救她，她就活不成了。

刚才发生爆炸了……"

"我们知道了。"她说，"阿南德，把古蒂找回来。"

"你这是要我拯救这个该死的世界吗？"阿南德·巴依说，"你自己的儿子还在那屋里流血呢，为何不去照顾他？"

"纳温没事的。他有人照顾。你去找古蒂。"

"你为什么这么关心古蒂？"

"阿南德，去把她弄回来，快去。"

阿南德·巴依进入达兹的房间，回来的时候手里多了一件白衬衣。

"你有妈妈吗？"阿南德·巴依问昌迪。

"没有。"昌迪说。

"很好。"阿南德·巴依说。他说话的时候看着那个老太太，然后又转头看着昌迪。"我回头再收拾你，现在去找古蒂。"

"可是达兹……"

"达兹在照顾我的兄弟。你到底想不想救古蒂？"

"我们得快点跑。"昌迪说。

"不用跑。"

阿南德·巴依从他的黑裤子里掏出车钥匙，穿上白衬衣，不过懒得系扣子。他们朝一辆停在房子后面的白色轿车走去。阿南德·巴依不紧不慢地走着。昌迪忍气吞声地看着地面，发现达兹窗户正下方的一小块地方种着西红柿和黄瓜。他强迫自己呼吸，伸手去拉车门，结果发现车门是锁着的。

"快点！"昌迪大声说，"她会死的。"

"她如果命中注定逃不过这一劫，那就让她死好了。但是有件事我可得跟你说清楚，你如果在达巴这件事上撒谎的话……"

"我没有撒谎，"昌迪说，"我发誓。"这是他生平第一次没为撒谎感到内疚。尽管一想到阿南德·巴依找出真相时会怎么对付他，就感到胃里一阵恶心。

阿南德·巴依开了车锁，打开车门。昌迪上了车，他还没来得及关上门，车便飙走了。他们驶过院子后面的马路，经过一个推着手推车卖菜的小贩。阿南德·巴依拐了个弯，转向左边。他将右手放在方向盘上，左手按着喇叭。那只按喇叭的手一直没有松开，喇叭像警笛一样响个不停。不过，现在这么做没什么必要，街上空空如也，爆炸早就把人们都吓回了家里。昌迪悬着的心也放下来。"挺住，古蒂，一定要挺住。"他碎碎念道，也不管阿南德·巴依能不能听到。

阿南德·巴依在裤子上擦了擦手，往昌迪这边望过来，注意到他身上的油，但很快又重新看着路。他们经过希林咖啡馆。昌迪惊讶地发现大部分公寓楼的窗户都碎了。一辆救护车停在神庙旁边，还有三辆警车。阿南德·巴依也把车停了下来。

"下车，"他说，"不能再往前开了。"

昌迪和阿南德·巴依跑过救护车。两个人用担架抬着一具尸体，上面躺着一个穿白衣白裤的中年男子。那人的皮肤像蜡一样融化了，双眼紧闭。两人将他扔在救护车里，又匆匆跑回去抬别的尸体。

他们现在离神庙很近，昌迪看到了那个卖花环的老妇人。她仍然躺在地上。神庙对面的墙上溅满了血。到处都是玻璃，哀号声此起彼伏。

古蒂还在先前昌迪把她撇下的地方，一动不动地躺在药店的台阶上。阿南德·巴依伸出一根手指放在她的嘴边。

"她还活着。"他说。

这是昌迪第一次对阿南德·巴依嘴里说出的话心存感激。他几乎忘记了自己的恐惧。

阿南德·巴依将古蒂扛到肩上，朝那辆车走去。

"桑迪也在这儿。"昌迪说。

"哈？桑迪也在？……他也受伤了吗？"

他朝桑迪躺着的地方走去，经过一个小男孩的身边，那人也就比他小一点，被卡在一块水泥下面。三名男子，当中还有名警察想奋力将水泥块抬起来。男孩早就昏过去了。

现在昌迪能看到桑迪被炸开的后背了。

"他挂了。"他身后的阿南德·巴依说。

"我不会把他留在这里的。"昌迪说。

"没用的。他已经死了。"

"我们也得把他带走。"

"我不会在尸体上浪费时间。"

阿南德·巴依将古蒂扛在肩上，朝救护车跑去。昌迪低头看着桑迪，像是他正在玩恶作剧一样，将周身涂成了红色，弄得好像背后开了个大口子。昌迪四下看了看，想找个人帮他把朋友抬走，可是一个人也没有。他不想问跟救护车一同前来的人，这辆车不救人，只收尸。

他抓住桑迪的胳膊，拽着他走。桑迪的脖子软软的，脸差点贴在地上。昌迪不忍看朋友的脸。桑迪嘴里的牙齿都脱落了。

"早说过别管他了。"阿南德·巴依说。

昌迪继续拉着朋友的尸体，最后脱了手，尸体"扑通"一声掉在地上。昌迪再次抓住他的手腕，把他拖起来。

这时，阿南德·巴依一把抓住桑迪，将他扛到肩膀上。救护车上的人往这边看了一眼，又去忙活了。一名警察也看着阿南德·巴依，但是什么也没说。他在救护车后面拍了两下，意思是车可以开走了。

轿车的后门开了，古蒂躺在车后座上。阿南德·巴依将桑迪的尸体扔在车里，昌迪在想，刚才这一下会不会把桑迪的骨头摔折了。他实在不愿承认，其实根本没什么要紧的了。

昌迪的鼻孔被粉尘弄得奇痒无比，他打了个大喷嚏。街上跟大清早一样没几辆车。大多数店铺都关着门，很少人在街上行走，或是从公寓的窗户往外张望。

昌迪心想他为什么没有哭的冲动。他仍然觉得这只是个游戏——所有东西都被涂上了红色，桑迪和古蒂仍跟雕塑一般纹丝不动，假装自己死了。

Chapter6

被自由禁锢

"桑迪自由了。"古蒂说，"我们却被困在这里。"

昌迪使劲儿睁大眼睛来适应黑暗。灰色的水泥墙令房间变得更小。房间的角落里有个洗手间，外面是扇半掩的木门，昌迪看到洗手间的地板上有个红色的水桶。房间的另一侧有个厨房用的水槽，石头砌成的水槽又旧又粗糙。水槽上方的墙上伸出几排水泥做成的架子。昌迪发现架子上有一苞米，那苞米放得一点也不稳当，他总觉得随时都会掉在下面的小木桌上。桌子上放着一包黄金叶牌香烟和半盒火柴。一根日光灯忽明忽暗地亮着，往古蒂的身上投下怪异的光。房间里几乎不见阳光。

古蒂一动不动地躺在地板上。达兹蹲在地上，用一块白布摁在古蒂的额头上止血。地板上本来就有一点血迹，但昌迪知道血不是古蒂的。可能是阿南德·巴侬的兄弟纳温的。昌迪在想，也不知道纳温去哪儿了。之前还在屋子里，还能听见他在呻吟。

达兹的年纪或许大了，但他蹲在地上的样子却非常轻松。他的眉毛十分稀松，额头看起来像浮肿了。白色的头发往后梳得油光发亮。他冲昌迪笑了笑，看起来有点虚假。昌迪也回之一笑，但心思在古蒂旁边的一块白纱布上，上面放着剪刀和针线。达兹一只手仍然放在古蒂的伤口上，另一只手拉了拉那条方格子腰布。他挠了挠右边的小腿。因为天气热，他那件白背心早已撩到胸口，跟阿南德·巴依一样，他的胸脯也是毛茸茸的。

"老太太去哪儿了？"阿南德·巴依问。他脱下那件白色的衬衣，用它揩掉脸上的汗，随手将衣服扔在角落里，落在一双皮凉鞋旁边。

"她把纳温送回他自己的房间了。"达兹答道。

"他没什么事吧？"阿南德·巴依问。

"过两三天就好了。"

"我一定要让那些畜生血债血偿。"

"我晓得。"达兹将古蒂头上的纱布拿下来轻声说。伤口仍在流血。他叹了一口气，重新把纱布放在她头上。

"是穆斯林干的，"阿南德·巴依说，"我一定要叫他们付出代价。"

"杀人又有什么用呢，阿南德？"

"救下一条命，就得搭上另一条命。穆斯林不离开这个国家，印度人就没有安生日子过。"

"现在你打算发现一个穆斯林就杀一个？"

"我想先找几个人出来，找到他们的头儿，然后再让纳温指认，看看那人是不是炸神庙的凶手。说不定是这里的老大呢。"

"可是纳温在神庙干什么呀？他不用工作吗？"

"在电话公司上班算哪门子工作。就跟奴隶一样，明白吗？我本来打算让纳温见见纳姆迪奥，以示尊敬，想沾沾他的光，这样纳温才能往上爬。"

"现在纳姆迪奥倒是上去了，"达兹说，"不过想去沾纳姆迪奥的光倒是挺明智的。"

"为什么？"

"现在他已经死了，直接见上帝去了。"

"你就开玩笑吧。现在的孟买简直就在一片水深火热中。你就等着吧。"

"即便是穆斯林干的，他们也没多少人，"达兹说，"为什么要让其他人做替死鬼呢？这么多年来，我们跟穆斯林一直相安无事。他们是我们的兄弟，这样的事情只是少部分人干的。其余都是无辜的。"

"没有谁是无辜的。"

"别忘了，我跟你妈今天差点失去一个儿子。你今天为什么没在庙里？为什么派你弟弟去？"

阿南德·巴依沉默不语。他环顾四周，像没听见达兹讲话似的。他将右手放在门上，轻轻地打了个嗝。这时，老太太出现了，拨开他的手，进入屋子。

"跟你妈妈说说看，今天为什么没去神庙。"达兹问。

老太太谁也没看。在昌迪看来，她似乎比达兹老得多。她抬头看着不停闪烁的日光灯，像惹她生气的是灯管。

"咱们儿子在跟那个叫拉尼的婊子寻欢作乐，"达兹说，"所以他没有去。不过他勇敢地派他弟弟去了。而他弟弟倒有个正儿八经的工作。"

"纳温不会有事的，"老太太说，"我把他送到他自己的房间去了，现在已经睡了。对了，古蒂怎么样啦？"

"对呀，古蒂怎么样了？"昌迪壮着胆子问道，自从进入达兹的房间，这是他第一次开口说话。

"她没事，"达兹说，"不过她的身体还很虚弱。"虽然昌迪听到这话总算松了口气，但知道现在还有更要命的事。他必须想想办法，该怎么跟阿南德·巴依说达巴的事。还有艾玛，到时候该怎么跟她说她儿子没了。她听得懂昌迪的话吗？他正想这事的时候，目光落在阿南德·巴依扔衬衣的角落里，那里有个木盒，盒子上印着"Om"的字样。

"你在看什么？"老太太问。

"那个盒子，"昌迪老实说，"是古蒂的吗？"

"是的。"老太太说，"她今早留在这儿的。"

达兹朝老太太迅速点了一下头。她朝放置盒子的角落走去，面对墙坐下来，随即示意昌迪也过去。昌迪走到老太太身边，挨着她坐下。两人背对着达兹，但昌迪转身看着达兹的时候，发现他正在穿针。达兹伸手拿了一个装着无色液体的瓶子，将一块布对准瓶口沾了一点液体，又将那块布在古蒂的鼻子上放了几秒，然后开始帮她缝针。昌迪这才转过身去。

老太太打开木盒。昌迪再次被里面缤纷的色彩摄住了心魄，但这次看到彩色的神像时，内心却异常平静。为什么神灵没有保护桑迪和古蒂？他又想起了耶稣，为什么耶稣要让这样的事情发生。也许昌迪就应该离开孤儿院。

"这些泥塑神像是我做的，"老太太说，"古蒂替我卖。她还想学着做呢。我希望……"

昌迪发现老太太紧咬嘴唇。他转身看着古蒂，但老太太将手放在他的脸上，叫昌迪继续听她讲。

"她会活下去，对吗？"昌迪问。

"她当然能活下去。这么多神灵保佑她，想不活下去都难。"老太太面带微笑，"瞧，真不少呢，你都能认全吗？你知道他们有什么法力吗？"

昌迪摇摇头。老太太从盒子里拿出一个神像。神像也太小了，昌迪心想。老太太不应该把神像放在手里，应该有别的方法。但他并没有说出来。

"你知道这是谁吗？"老太太问。昌迪再次摇头。

那个神像有只手拿着一把剑，另一只手拿着一朵莲花。她还有两只手，但什么也没拿。她的身子漆成了黄色，手掌却是红色的。

"这是杜尔迦，"老太太说，"她是战无不胜的女神，也就是说从来没吃过败仗，你要听我讲讲她的故事吗？"

昌迪想起萨迪克太太，想起她经常讲《月亮妈妈》的故事给他听。

"不了，"他斩钉截铁地说，"我不喜欢听故事。"

"那你只需知道这个就行了，杜尔迦在保护我们的小古蒂，她一定会得救的。"

老太太跟他说这话的时候，昌迪心不在焉地挠起了痒痒。他涂了油的身体上沾满了粉尘和血块，害得他浑身不自在。

"眼下得赶紧洗个澡，吃点东西，回头再来看这些神像，"老太太说，"你为什么不去洗洗？房间里有洗手间。"

"不，他跟我走。"阿南德·巴依突然出现在门口。

"就让他留在这里吧。"老太太恳求道。

"那女孩我已经救了，你就别干涉我的事了。"

阿南德·巴依语气尖锐，老太太也不再争辩，轻轻地推了推昌迪的肩膀。昌迪起身朝门口走去。他为古蒂念了一段很短的祷文，却被阿南德·巴依打断了。

"就去我的房间吧。"阿南德·巴依说。

昌迪跟阿南德·巴依再次走到太阳底下时不由得眯缝着眼睛。这会儿，院子里没有人。那只山羊仍然拴在柱子上，使劲儿摇晃脑袋，想把柱子从地里拔出来。阿南德·巴依门上挂着的绿色帘子纹丝不动。他将手搭在昌迪的肩膀上，领着他进入门帘后面的屋子。

这个房间跟达兹的那间不一样。拉尼躺在床上看电视。她的头发盘成一个圆髻。昌迪和阿南德·巴依进去的时候，她正把手腕上戴着的金镯子摘下来，电视上播放的是一部黑白片。

"关了。"阿南德·巴依说。

拉尼从床上起身把电视关了。她看着阿南德·巴依，等在那里，看还有没有别的吩咐。

"给我从莫格莱餐厅打份鸡肉来。赶紧的，阿卜杜勒应该已经做好了。"

拉尼离开房间时望了昌迪一眼，但她一句话也没说。昌迪注意到她的左胳膊上有几处瘀青。

"不要油腻的。"阿南德·巴依说。

但拉尼已经离开，那块绿色的窗帘再次一动不动，像是拉尼几秒前没有从当中走过。

"你喜欢吃油腻的东西吗？"阿南德·巴依问。

昌迪不知道该怎么说。他以前从没想过这个问题。"不喜欢，"他拿定主意说，"我不喜欢油。"

"那你为什么全身涂满了油？"

昌迪不说话。

"你身上为什么全是油？"阿南德·巴依再次问道。

"我……我不知道。"

"你怎么会不知道呢？"

"我在玩……我和桑迪在玩游戏。"

阿南德·巴依紧紧地抓住昌迪的肩膀。"你们到底想偷什么？"

"没什么……"

"如果有人在身上抹油，那只有一个理由，就是想让身体变得滑滑的。你到底想从哪里钻进去？"

昌迪痛得要命，阿南德·巴依摁住他的肩膀，使的劲儿越来越大。昌迪盯着电视机的黑屏，感到一阵钻心的痛。他半张着嘴，想叫出来，又想哭，反正是想喊出来，结果却是痛苦地瘫倒在地。

"神庙……"昌迪呻吟道。

阿南德·巴依这才松开手："神庙？"

"偷神庙里的钱是桑迪的主意。"昌迪说。这话刚从他嘴里说出就后悔了。出卖朋友让他恨不得找个地缝钻进去。他希望桑迪原谅他，眼下的情形让他不得不跟阿南德·巴依说实话。

"我想从神庙的侧窗钻进去，偷做礼拜的钱。"

"达巴的事呢？"

"达巴死了。他真死了，我可没有撒谎。"

"珠宝商的事。"

昌迪不知道怎么说，那就最好什么也不说。他不敢看阿南德·巴依的脸，只好盯着灰色的石地板。

"我明白了。"阿南德·巴依说。

这时，阿南德·巴依房间的电话响了，但他并没有动。昌迪仍然垂着头，直打哆嗦，只等着脑袋被狠狠地敲一下。电话铃搅得人心神不宁，阿南德·巴依仍然没动。电话铃声刚停，阿南德·巴依就说话了。

"你看到那个抽屉了吗？"阿南德·巴依说。

昌迪仍旧没有抬头。阿南德·巴依轻轻用一根指头托住昌迪的下巴，叫他抬头。昌迪看着阿南德·巴依的胡子，那两粒饭还粘在上面。阿南德·巴依让昌迪的脑袋拐向右边，看着那个旧五斗柜。

"打开最上面的那个抽屉。"阿南德·巴依说。

昌迪想站起来，但腿却不听使唤。

"别叫我说第二遍。"阿南德·巴依说。

昌迪抓住锈迹斑斑的铜手柄，往外拉。

"你会在抽屉里找到一张地图。"阿南德·巴依说。

抽屉里就只有一张地图。昌迪仔细看了看。地图很大，是折叠好的，上面有褐色的污迹，像是茶渍。地图上面印着"孟买"的字样。

"地图下面有样东西。"阿南德·巴依说。

昌迪的手放在地图上，感觉下面的确有个硬邦邦的东西，他把地图的一角掀开。

是把刀。跟穆纳偷的那把屠夫的刀很像。

他回头看着阿南德·巴依。

"把刀拿过来。"

昌迪握着刀柄，一点也不喜欢把刀拿在手中的感觉。黑色的刀柄不像是新的，因为经常使用，磨得很光滑。他轻轻地捏着刀柄，让刀尖冲地。他离阿南德·巴依也就一米远。

"把你的舌头割下来。"阿南德·巴依说。昌迪确信没有听错。

"你对我撒谎了，"阿南德·巴依道，"所以把你的舌头伸出来割掉。"

阿南德·巴依说这话的时候语调显得十分随意，没有夹杂丝毫恨意。他站在那里，双臂抱在毛茸茸的胸前。

"我可是在这等着呢，"阿南德·巴依说，"要么你来割，要么我帮你。问题是，我是个完美主义者。也就是说我干这活儿的时候会很慢，干得很稳当，确保切口整齐。要是割得不整齐，我又会重新开始弄。"

"求你了，阿南德·巴依，"昌迪哀求道，"对不起，我撒谎了，我只是想救古蒂。"

"她是得救了。但你得付出代价。跟穆纳一样。你还记得穆纳吗？我发现他藏了一把刀，就是你手里拿的这把，我之前也没想伤害他，可他偏偏要顶嘴，说什么不在乎警察。只有我可以骂警察，其他人可不成。所以必须给穆纳点颜色瞧瞧。你这情况也一样，因为你撒谎了，这就是不尊重我。"

"求求你了……"

"好啦，"阿南德·巴依说，"还是我来吧。把刀给我。"

他将刀从昌迪手里拿过来，右手握着刀，左手放在昌迪的肩膀上。

"别担心，"他说，"你还是能听见的。听比说更重要。"

昌迪想躲开，但阿南德·巴依恶狠狠地盯着他，他连头都不敢抬。昌迪知道这时候还想逃跑那就太傻了。还没等他跑到绿色的帘子那儿，阿南德·巴依的刀就会从他的后背插进去。

"把舌头伸出来。"阿南德·巴依说。

"求求你了……"昌迪双手合十哀求道。

"把舌头伸出来！"

阿南德·巴依的咆哮声吓得昌迪直哆嗦，舌头也从嘴里伸了出来。阿南德·巴依用指甲掐住昌迪的舌头。

"难怪你会对我撒谎，"他说，"你的舌头可真长。别动。你要是敢动，这把刀可就插进你的眼睛里了。我一刀就能把你的舌头割下来，别怕呀。我数到三就动手。深吸一口气，一……二……"

昌迪发出绝望的声音，舌头伸出来后，他说话的声音怪怪的。

"别弄出声音了，你还没变成哑巴呢。"阿南德·巴依说。他在昌迪的舌尖上割了一道小口子，血随即流到刀刃上。

"你感觉到了吗？"他问，"我已经开始了。"

眼泪簌簌而下。阿南德·巴依松开手。"对不起，"昌迪说，"放了我吧，我……"

"你什么？"阿南德·巴依问，"趁你舌头还在的时候快说。"

"我愿意为你做任何事情。"昌迪说。

"我就是要你把舌头割下来。这么简单的事你都做不好。"

"别的事都行。我一辈子给你乞讨都行。"

"乞讨？乞讨管什么用啊？"

"无论干什么都行。我去偷。"

"还有呢？"

"我去偷，还有……你无论叫我做什么都行。"

"你确定？"

"我保证。"昌迪说。

阿南德·巴依的食指划过刀刃，猛吸了几口气，像是有什么东西正在撩拨他的鼻孔。他把刀交给了昌迪。

"把刀放回抽屉里。"阿南德·巴依说。

昌迪朝抽屉走过去。被割伤的舌头火辣辣地痛。电话再次响了。拉尼手里拿着一个白色的塑料袋，从绿帘子当中穿了过来。一想到吃东西，昌迪就直犯恶心。舌头上的切口会让吃东西变得困难，吃一口都会痛。拉尼见阿南德·巴依没说话，便将塑料袋放在电视机上，再去接电话。她说话的时候声音很轻，像已经察觉到屋里刚刚发生的事。

"我喜欢你，"阿南德·巴依跟昌迪说，"你冒着生命危险救了你的朋友。我需要像你这样的人。"

昌迪糊涂了。

"你脑子也很灵活，"阿南德·巴依说，"先前我还相信了你说的达巴的事。但刚才只要我乐意，就可以把你的舌头割下来。只是为了讨老太太欢心才没有这么做。她年纪大了，还老担心我。我救下古蒂就为了让她内心平静些。这段时间，我不得不大开杀戒，上天可以做证。刚才我倒是救了一个女孩的命。好了，我把救人的原因也告诉你了。总之，我很喜欢你。"

昌迪不明白为什么阿南德·巴依现在就喜欢他了。就在刚才，他还差点把自己的舌头割下来。

"吃东西吧。"阿南德·巴依说，"把电话挂了，拉尼。"

拉尼点点头，对着电话轻轻说了声再见，便将黑色的听筒放在支架上。

"你喜欢吃鸡肉吗？"阿南德·巴依问昌迪，"是莫格莱菜。这可是世界上最好吃的菜，不过有点辣。不管怎么跟阿卜杜勒交代，他都不听。不好意思把你的舌头割伤了，会很痛，不过你是个坚强的孩子。"

突然间，昌迪再次害怕起来。阿南德·巴依对他好的时候似乎更危险。

"你打算怎么处置我？"昌迪问。

"现在不会处置你，"阿南德·巴依说，"先填饱肚子。"

昌迪将膝盖蜷缩在胸前，在阿南德·巴依房间的地板上睡着了。他的嘴微微张开。每次感觉舌头上的切口火辣辣地痛时，就会轻轻地睁开眼睛，但很快又会闭上，想尽量睡会儿。他就这样迷迷糊糊地睡了几小时。

"起来吧，"阿南德·巴依说，"该走了。"

昌迪睡眼惺忪地看了看房间周围，日光灯仍然亮着，阿南德·巴依的床是铺好的，拉尼已经不见了。昌迪朝窗外看了看——天已经黑了。

"去洗洗吧，"阿南德·巴依说，"我把车也洗了。我可不想你再把座位弄脏了。"

昌迪也没吭声，起身走到洗手间，关上门，迈过将厕所和洗浴区域分开的矮墙。他脱下短裤的时候，一片三角梅从口袋里滑出来。花瓣已经枯萎，他将花瓣放在地板上，并没有取下脖子上的那块布，任凭水把它浸湿了，到时候还会凉快些。

他拿起金属桶里漂荡着的一个白塑料杯，将杯子浸在水里，把嘴张开。水流过舌头上的伤口时，昌迪痛得直咧嘴，然后又舀了一杯水兜头淋下。这是他离开孤儿院后第一次洗澡。他四下看了看，想寻找肥皂，随即发现一个淡蓝色的肥皂盒。也顾不得问阿南德·巴依能不能用了。他将身上的粉尘和赃物慢慢搓下来，顺着排水管流走了。

昌迪洗澡的时候想起了古蒂。达兹和老太太都是好人，他们会照顾她的，他安慰自己。

昌迪很快洗干净了。洗手间里没有毛巾，但昌迪发现窗沿上有块橘黄色的餐巾纸，便用它把身子擦干。不过他没擦头发。他想象古蒂已经在达兹的房间走动，笑嘻嘻的样子。我走进房间的时候，她就能起身，他跟自己说。昌迪穿上短裤，走出洗手间。他得问阿南德·巴依要件衬衣，因为他的白背心没了。他尽量不去想当初为什么要脱下那件背心。

"你的肋骨怎么回事？"阿南德·巴依说，"像刀片一样。"

昌迪没有回答，尽管他想告诉阿南德·巴依那不是肋骨，而是獠牙，总有一天会用来对付他这样的人。这个世上也就萨迪克太太不会留意他瘦成皮包骨头。她总跟昌迪说，等长大后身上就有肉了。他感到一阵刺痛，突然好想跟她在一起。

"你能给我一件衬衣吗？"昌迪问。

"你的呢？"

昌迪没有吭声。阿南德·巴依走到放刀的五斗柜前，打开最下面的抽屉，拿出一件白色的 T 恤，扔给昌迪。

"平日里我穿这件 T 恤打板球，"阿南德·巴依说，"我喜欢印度队。球队是不错，不过还真不能完全相信他们。有时候他们打得特牛，有时屁都不是。"

昌迪觉得很奇怪，尽管他跟阿南德·巴依完全是两个世界的人，但竟然喜欢同一种运动。跟他想象的完全不同，他没在孟买的街头见过一次板球比赛，别说比赛，就连红色的皮球都没见过。

他穿上 T 恤，可是这件衣服实在太大了，袖子都到手腕了。他扎在短裤里，上面鼓囊囊的，可也顾不得这么多了，要是有条干净的短裤就好了。

"我想见古蒂。"昌迪说。

"现在不行。她睡觉了。"

"可是……"

"达兹和老太太也在休息。我们不能打扰他们。"

为什么阿南德·巴依不管达兹叫爸爸,管老太太叫妈妈呢?他的父母都健在,可却从不叫他们。

阿南德·巴依在门口等昌迪。绿色的门帘卷到一边。昌迪在想也不知道现在多晚了。他看到院子里别的房间的门大都关上了。达兹房门边上放着一盏油灯,但门也是关着的。微弱的光在油灯上跳跃。

他们往轿车走近时,昌迪突然觉得怪难受。他不想坐在车内。阿南德·巴依替他打开车门,但昌迪踟蹰不前,环顾黑黢黢的院子。在孤儿院的时候,昌迪有三角梅聊以慰藉。即便在晚上,他也能在内心将它们点亮,不管是恐惧还是病痛都将缓解。他多么希望能在这个院子里做同样的事情,但他只看到达兹的房间后面有西红柿和黄瓜。这些东西无法让昌迪感到慰藉。

阿南德·巴依敲了敲车窗。昌迪进入车内,但他没有看车后座,而是盯着前方,不发一言。车发动了,车头灯照在西红柿和黄瓜上。它们在车灯的照耀下有些惊慌失措,昌迪想。西红柿的红色让他想起血的颜色。为什么上帝要把血、花和蔬菜弄成同样的颜色呢?

院子后面的巷子没有路灯,只有车头灯照在路上。路上有不少坑坑洼洼,几个塑料袋在路边翻飞,有个男的在路边安了一张吊床,拿衬衣当枕头。汽车在陌生的路上行驶,昌迪闭着眼睛。他对周围的景物全无兴趣,还想把眼睛闭上,因为他听到桑迪的呼吸从车后座传到他的脖子上。昌迪回头一看,发现只是自己在胡思乱想。

"你的朋友在后备厢里。"阿南德·巴依说。

车加速行驶，昌迪再次闭上眼睛。在车慢下来，进入一条两旁长着树的小道时，他才又睁开眼睛。小道的尽头是块很大的空地。车终于停了下来。

阿南德·巴依和昌迪下了车，昌迪抬头望着夜空。他在想，桑迪是否已经上天了，也许还在躯体里。但桑迪是那样渴望跑起来，如果不用非得待在身体里，他肯定会出去的。

阿南德·巴依打开后备厢，看着昌迪，昌迪知道他必须帮阿南德·巴依抬尸体。昌迪不想看朋友的脸。他知道桑迪的那张脸会永远铭刻在他的脑海里：桑迪的牙齿从嘴里脱落，一颗颗落在水泥路面上。

看到桑迪的尸体盖着一块白布，昌迪松了口气。阿南德·巴依抬着尸体的一头，昌迪抬着另一头。阿南德·巴依腾出一只手重重地将后备厢关上。

昌迪在空地上看到许多铁皮顶的小屋。每个屋顶下面都有一块水泥板，水泥板上放置用来火葬的原木。至少同时燃起了七八堆熊熊大火。小屋旁边有个水龙头，有个老头儿正在洗手。他用无领衫的下摆擦干手和脸。男人们多半穿着白色的衣服，围在尸体旁边。女人则坐在远离柴堆的长凳上。一名年轻女子的哭声划破烟雾。一个身穿米黄色莎尔瓦卡米兹的老太太摩挲着女人的后背安慰她，但似乎没什么用。女人的哭声跟木柴噼啪燃烧的声音交织一起。几个男人用担架抬着一具男孩的尸体从昌迪身旁经过。他们一句话也没说，啜泣声跟屋子里的哭声混杂在一起。这样的啜泣声让昌迪想起一件事：到时候怎么跟古蒂说他哥哥死了的事实。昌迪知道她是个勇敢的女孩，但即便如此，她能承受这个悲伤的消息吗？他最担心的是到时候连哭声都听不到。要是她闭上眼睛，再也不醒来怎么办？

阿南德·巴依领着昌迪朝小屋旁边的柴堆走去，柴堆整齐地码在一起。他们将尸体放在地上。昌迪不想拿掉桑迪身上盖着的布。

但阿南德·巴依一把扯下来。

一名男子朝他们走过来。昌迪瞧出那人是僧侣，因为头上点着朱砂。一个年纪比昌迪大两到三岁的男孩跟在僧侣后头。阿南德·巴依扛着桑迪的尸体，放在柴火堆上，原木摆得整整齐齐，上面还有油。昌迪盯着桑迪的尸体，上面脏兮兮的，满是血迹。他在想，现在要不要把那块有三滴血迹的白布也跟桑迪的尸体一起烧了。可是这有什么用呢，他跟自己说。我真傻，居然觉得这块白布能帮我找到爸爸。看看现在都成什么样子了。

僧侣开始念祷词，但阿南德·巴依没让他念完。接下来僧侣在尸体上洒了点液体。小男孩拿着一根燃烧的木头，看着阿南德·巴依转身对着昌迪。蓝色的火苗在风中跳动。僧侣又在尸体上加了几根小柴火，桑迪的脸看不见了。昌迪真想把木柴拿下来，想最后看一眼桑迪，在他耳边悄悄说句话。如果桑迪选择离开，他肯定也会在嘴里叼一支烟卷。

小孩将火把交到昌迪手上。

昌迪想说一段祷词，但他试图想起上帝或者天堂的时候，神庙爆炸后出现的大洞却在眼前闪现。

昌迪用火把点燃了桑迪的脚。

他不忍去点桑迪的脸。

阿南德·巴依看着桑迪被焚烧，这让昌迪气不打一处来，应该反过来才对。

昌迪听到周围的人在柴堆前哭泣，他在想自己为什么没有哭。要是桑迪看到他现在这个样子怎么办？他肯定会很奇怪，为什么昌迪跟阿南德·巴依一样冷血，毫无人性。昌迪不知道该怎么办，于是，他放下火把，静静地看着火苗在桑迪的尸体上蔓延。

一小时后，昌迪站在达兹的门外。那块白布没再系在脖子上，而是变成了手中的包裹。他在火葬现场取下来，现在里面装的是桑迪的骨灰。

他敲了敲门。阿南德·巴依吩咐他不要去，但昌迪顾不上这么多了。他看着阿南德·巴依的房间，灯已经熄了。阿南德·巴依现在肯定睡觉了。昌迪正想敲重一点，老太太开了门。她一句话也没说就让昌迪进来了。

达兹睡在地板上，呼噜打得山响。他仰面躺着，手扣在一起放在肚皮上。老太太又回到达兹的身边躺下。昌迪心想阿南德·巴依为什么不给他的父母一张床呢。也许他们宁愿睡在硬邦邦的地板上，就跟萨迪克太太一样。

昌迪朝身处黑暗中的古蒂走去，将白色的包裹放在地上。古蒂跟达兹一样仰面躺着，额头上扎着绷带。昌迪弯下腰，能听见她轻轻的呼吸声。他不由得再次想起该怎么把桑迪的死讯告诉古蒂。也许她已经晓得了。他要不要跟她说呢？可到底该怎么开口哇？

你哥哥死了。

桑迪死了。

桑迪没活过来。

桑迪。

没错，他这么说就行了。只需说出他哥哥的名字，古蒂自然就懂了。

昌迪握着古蒂的手，盼着她能醒过来。他知道古蒂应该好好休息，可他必须尽快面对桑迪已经不在的事实，因为他不想独自承受这件事。不是因为他太过悲伤，正好相反，他一次又一次惊讶于自己的麻木。桑迪就跟我的哥哥一样，他想，当然，这需要一定的时间。

昌迪正想这事的时候，古蒂醒了。也许古蒂已经明白了他心里的想法。也许桑迪已经给她说了，说他终于去了他们的村庄，只不过那里跟他想象得有点不一样，但毫无疑问那就是他们的村庄，因为他认得周围的一些人，他当然也认得村长，马上就要去见他呢，不过他并不怕村长，因为他在街头过着规规矩矩的生活，至少没给孟买抹黑，村长会理解他的。

昌迪将手放在古蒂的额头上。她看着他，一句话也没说。昌迪的脑海里蹦出三个念头：我希望她没有变成瞎子，没有变成聋子，也没有变成哑巴。他知道这三种可能性都是有的，因为他自己躲过一劫，总会有其他人替他承受不公。

但古蒂看着昌迪的眼睛时，他的第一个疑虑被打消了。他想说点什么，如果她做出回应，那么他担心的另外两件事情自然也是白操心，可他不知道该怎么说。他可以告诉她发生了爆炸，或者可以说那个政客死了，也可以说阿南德·巴依决心要报复——这些他都可以跟她说，但她对这些事情统统不会在意。

这时，古蒂张开嘴，轻轻地说了声："桑迪。"

现在昌迪知道他一个字都不用解释了，因为他用力抓住古蒂的手，这样的动作早就把他出卖了。先前那种恶心的感觉像熊熊燃烧的火焰一样回来了。他能感觉到火苗在他身上，尤其是在脸上蔓延，古蒂一动不动，他却抖个不停，这让他倍感羞愧。古蒂久久地凝视着他，然后也开始颤抖起来，将他的手抓得更紧，像是痛苦的炸弹在她内心爆炸了一样。

第二天大清早，昌迪和古蒂便走到格兰特路大桥。尽管古蒂的身体还很虚弱，不能出门，但昌迪解释说他们必须完成桑迪的梦想。不过他也就说这么多了。

他们沿台阶走上桥时，昌迪察觉得出古蒂在担心艾玛，他曾回棚屋去接她，可不在那儿。他想象艾玛怀里抱着小孩，漫无目的地在街上行走，却不知道她的儿子已经死了。

昌迪记得他和古蒂那晚坐在马车上的情形。那是他唯一感觉快乐的时刻，他对那样的感觉心存感激。他的思绪又回到手中拿着的白色包裹上，生命是多么奇怪，他不禁想。以前我裹在这块白布中，现在我的朋友也裹在里头。

他们爬上最后一级台阶，古蒂靠在昌迪的身上，免得倒下去。这段路虽然短暂，却令她筋疲力尽。天色尚早，所以桥上没什么人，但有几个小贩正在火车站的入口处布置临时摊位。一名卖酸橙汁的男子正在洗杯子。一名卖梳子、镜子和小日记本的男子则将一块蓝色的塑料布铺在地上，把那些小物件放在上面，两个卖旅行袋和衣服的女人也在忙活。

古蒂还发着烧，身子不停地抖。裙子上面裹着条纹披肩，披肩是老太太给她的，说是披上了就不会抖。达兹说因为缝了针所以才会发烧，没必要担心。

坐火车的人穿过街道等巴士。一列市郊列车正从桥底下穿过，昌迪发现有几张脸从铁道旁边楼房的窗户里探出来。几只乌鸦停靠在铁轨上方的电线上。

昌迪和古蒂站在桥中央，靠在一堵黑色的石墙上。一名男子正对着墙小解，但他很快拉上拉链，穿过街道。昌迪低头看着轨道。一个小男孩将一个空椰子壳放在轨道上，等着火车碾过。稍远处，一名男子摇摇晃晃地沿铁轨走着，手里紧紧抓着一个瓶子。火车的声音渐弱，昌迪终于可以说话了，但这回是古蒂先开的口。

"我不能在外面待太久，"她说，"我感觉身子特别虚。"

"我知道。"他轻声答道。

昌迪将白色的包裹放在桥的栏杆上。"你知道你哥哥的梦想是什么吗?"他问。

"有不少,"她说,"我们都梦想回到村子里。"

"还有呢?他还有什么别的愿望没说出来过?"

"我不知道,"她说,"我真的很累了。"

"你哥哥想要飞。他说他的腿很沉重,所以梦想飞翔。所以我们就到这里来了。"

昌迪小心翼翼地解开白布上的结。

"真不敢相信这是他。"昌迪良久说。

古蒂只是盯着骨灰。阳光洒在周围的建筑物上,让它们看起来不那么荒凉。远处,孟买的高楼若隐若现,俯视着下面的贫民窟。

"我真的想说出来,却不知道怎么开口,"昌迪说,"尽管我跟他认识才短短三天,但我爱你的哥哥。"

"我也爱他。艾玛也是。"

"我希望咱们能找到艾玛,"昌迪说,"她没在棚子里,希望她会回来。"

古蒂看着轨道,昌迪从她颤抖的嘴唇可以判断,她强忍着没有哭出来。

"咱们得帮他飞起来。"昌迪说。

他们小心翼翼地将桑迪的骨灰举起来,从桥上撒向空中。

桑迪化成无数灰烬，灰色的骨灰往铁轨上方越飞越高，在阳光底下闪闪发光。昌迪想象骨灰是一只只小鸟，每一片骨灰都承载着桑迪的一部分，他的笑、残缺的牙齿、带着口臭的嘴、脸上那道深深的疤痕、那条得了小儿麻痹症的腿，还有他搂着昌迪的胳膊，在妹妹耳边放肆的笑。

最后一点骨灰离开了白布，昌迪也将那块布松开了。

去落在我爸爸的脚边吧，他对白布说。上面的三滴血迹能帮他认出来。现在轮到他来找我了。

昌迪希望萨迪克太太能目睹这一刻，因为她肯定会为他自豪的。她会对他说："你不再是十岁的小孩，已经成为男子汉了，但我不该让你变成现在这个样子。"但昌迪很感激她，希望她知道这些。

从某种意义上来说，就算爸爸死了也没关系。如果我都不认识爸爸却还是那么想他，我能想象妈妈跟他分离时会多么痛苦，如果他们都死了，至少能在一起。

他跟自己说，桑迪很快会飞过城市，去看他喜欢的孟买，去到每一个脏兮兮的角落。他会看板球比赛、斗鸡，他会进入赌档，输得精光，然后拍拍屁股心满意足地离开。有些骨灰会落在刚才那辆火车的车顶，跟着火车驶向终点，但还有一部分会继续飞翔，它们会在城市盘旋，周游世界——那不是昌迪了解的世界，而是从天空俯瞰的世界。

昌迪看着泪流满面的古蒂，突然想起该跟她说什么了。"KhileSomaKafusal。"昌迪摩挲着古蒂的脸说，"我说的是花园语言。"

这回，古蒂没有问他这话是什么意思，因为昌迪看着她的神情已经说明一切。但昌迪说得显然还不够。

"桑迪自由了。"古蒂说，"我们却被困在这里。"

"不会的。"昌迪说。

"我们这辈子都没办法离开孟买。"

"没关系，"他说，"因为孟买会离开我们。"

"什么意思？"

"因为卡洪莎会出现。"

"真有这么个地方吗？"古蒂满怀希望地问。

"只要你想象得到，就有可能。"昌迪说。

· · · · · · · ·

老太太端来两杯热气腾腾的茶水。

阿南德·巴依和昌迪坐在达兹房间外面的台阶上。昌迪注意到台阶一共有三层，与孤儿院的台阶级数一样。他以前好喜欢从孤儿院的台阶走下去，去看那些三角梅。阿南德·巴依的院子却缺乏色彩。或许有他这样一个人在，连植物和花朵都无法生长了。

达兹给了古蒂一片止疼药，这会儿，她又睡着了。昌迪很喜欢听达兹说那个白色药片的名字，犹如那是一颗具有魔力的种子。要是他也有达兹和老太太这样的父母就好了。那样的话，他会叫他们爸爸妈妈，因为这辈子都没这么叫过别人呢。

阿南德·巴依小口喝着茶，望着将他家院子和学校隔开的墙壁。两只麻雀落在他们面前的地上啄食。

"喝茶吧。"阿南德·巴依道。

"太烫了。"昌迪说，"我舌头上的伤口火烧火燎的。"

阿南德·巴依放下茶杯，伸出手臂搂住昌迪。

昌迪感觉很不自在——阿南德·巴依的触摸并不温暖。唯有萨迪克太太的触摸能带给昌迪抚慰，只是他从未对她说过自己的感受。

"你知道什么是不公平吗？"阿南德·巴依说。

"我……知道吧。"

"那你说说看。"

"好人受苦，就是不公平。是这样吗？"

阿南德·巴依把手从昌迪的肩膀上拿开。他从白衬衫的衣兜里拿出一包黄金叶牌香烟，把一支烟卷在香烟盒上敲了三次。昌迪问自己，阿南德·巴依此时在想什么，兴许是在回忆童年，那时候，他在家周围疯跑，和同龄的男孩子打板球。昌迪真的很难想象阿南德·巴依曾经也是个孩子。阿南德·巴依用他的金色打火机把烟点燃，从嘴里吐出阵阵烟雾。

"还记得我给你讲过的拉德哈柏宿舍的事吗？"

"记得。"昌迪说。

不过阿南德·巴依继续说下去，仿佛他并不希望自己的问题收到答案。

"在那起事件中，无辜的人被烧死了，这就是颠倒黑白。你明白吗？在神庙里发生的事也是一样……你的朋友桑迪纯属无辜丧命，就连我弟弟纳温也受伤了。"

"是的……"昌迪说，"但我们无能为力。"

阿南德·巴依深深吸了一口烟，冲昌迪龇龇牙。就在他把烟呼出来的时候，一直在啄食物碎屑的麻雀正好从他的头顶上方飞过。

"不，我们可以采取行动。"他说，"我们必须让那些穆斯林知道，上帝是站在我们这边的，而不是与他们为伍。"

一提到上帝，昌迪再次想起神庙里的那个大洞，想到伽内什神的雕像无助地躺在街上，无法站起来用水浇灭火焰。昌迪见过老太太制作的神像，它们那么小，装在木头盒子里。他还见过真人大小的耶稣，可惜就连耶稣也无力回天。

"你怎么看？"阿南德·巴依问。

"我……什么怎么看？"

"你觉得我们应该怎么做？"

"不知道。"昌迪说，"还是什么都别做吧。"

"什么都不做？你朋友死了，你却只愿意袖手旁观？你难道不想报仇吗？要是有人伤害了我的印度兄弟，我一定会把他们碎尸万段。"

阿南德·巴依把香烟弹到地上。昌迪看着烟蒂闪烁火光。

"我们要让拉德哈柏宿舍事件在穆斯林身上重演。"阿南德·巴依说，"要在城里的很多地方同时给穆斯林一点颜色瞧瞧，不光是这里。"

昌迪不大明白阿南德·巴依的话。阿南德·巴依说这话的时候一边咬牙，一边挠着胸口。

"你也来吧。加入我们。这对你来说是一次历练。我想要我的人见见你，让他们知道，别看你这么小，却一点也不害怕面对危险。他们一定会对你刮目相看。这样一来，你在我们之间就有了地位。未来都在你们这些年轻人手里。要是我有五十个像你这样的人，那想想看，几年之后，力量将有多么强大。"

"可是……"

"听我的话吧，昌迪。你现在是我的人了。"阿南德·巴依说。

阿南德·巴依站起来，把杯里剩下的茶水泼出去。水飞溅到碎石小路上。他捋捋胡子，低头看着茶水渍。

"别忘了，你是我的人。"阿南德·巴依说。

昌迪不知道该怎么办才好。他现在总算明白萨迪克太太为什么这么反对孩子们进城，为什么希望所有人都离开孟买。

他比任何时候都渴望萨迪克太太用她那细长的手指抚摸他。

Chapter 7

有的地方永远不会坍塌

诡异的静寂笼罩着这个地方，像是黑暗中所有人都是醒着的。

夜已深，房间的门窗都已关闭，尽管如此，阿南德·巴依的院子里还是很热闹。大约有十五个人聚集在那里，昌迪看到有几个人在抽烟，有几个在活动腿脚，还有两三个人在阿南德·巴依的房间外面来回踱步。大多数人都是又矮又瘦，穿着很简单的衣服：深色衬衫，牛仔裤或西装裤，脚下穿的是皮凉鞋。穆纳也在。他的眼睛上蒙着白色绷带，怕是这辈子都会留下阿南德·巴依的烙印。昌迪到处找"头奖"和"帅哥"，却没有见到他们。这倒也讲得通，毕竟今晚他们没有任何用处。昌迪感觉到穆纳一直在瞪他，像是觉得昌迪不该出现在这里。

今晚，阿南德·巴依没穿惯常的白衬衫，而是穿了一件黑色衬衫。他的裤子也是黑色的，就跟制服一样。阿南德·巴依举着一张折叠在一起的大纸，左手拿着一支手电筒，向他的手下走过来。他和每个人打招呼，昌迪听到其中几个人的名字：拉索尔、毗湿奴和西塔拉姆。

阿南德·巴依向停在他家后面的汽车走去，车子就在达兹的房间外面，靠近西红柿和黄瓜地。阿南德·巴依钻进汽车，把车开到所有人聚集的院子中心。车头灯照射在单间房屋的墙壁上，墙上的裂缝变得愈加明显。

阿南德·巴依走下汽车，打开后备厢。就在后备厢盖弹开的一刹那，昌迪想起桑迪盖着白布的尸体。阿南德·巴依打开手电筒，照亮了里面的东西：有很多刀，与阿南德·巴依用来割昌迪舌头的那把很像；有很多弯曲的长剑，剑柄都腐烂了；有一根实心铁棒；还有一把很大的挂锁，昌迪见过很多商店都用这种锁来锁卷帘门。另外还有两根板球球拍。

阿南德·巴依面对他的手下，用响亮的声音说了起来。

"这座城市正处于水深火热之中。"他说，"穆斯林人跟我们一样，也是斗士。这一点我认可。他们也是猛虎。但规矩是，每一片丛林里只能有一只老虎。在印度这片丛林，只容得下印度人这只老虎。我在此感谢大家都在尽力履行身为印度人的责任。好了，除了穆纳和昌迪，其他人都来挑选武器吧。"

人们纷纷伸手去拿刀剑。武器碰撞到一起，叮咣直响。所有刀剑都被拿走之后，一个男人拿起那根铁棒。他摸摸铁棒，还亲吻了它一下。

"来呀。"阿南德·巴依道，"没人爱打板球吗？这些板球球拍曾经打爆了好几个人的脑袋。过来拿球棒吧。夜晚打板球也怪有意思的。"

两个人拿走了板球球拍。击球板很厚，木头看起来很旧，却极为结实。木手柄上的橡胶套虽然旧了，却完好无损。

"那我呢？"穆纳问道。

"你拿那把铁锁。"阿南德·巴依说，"到时候把那家人锁起来。"

穆纳把手伸进后备厢一角，拿出铁锁。

"现在别锁。"阿南德·巴依说道，"没钥匙。"

"知道了，阿南德·巴依。"穆纳答。他的舌头从嘴巴里伸出了一点点，仿佛含着他喜欢吃的食物。

阿南德·巴依重重地关上后备厢。昌迪见他没叫自己拿武器，不由得长出一口气。或许阿南德·巴依只需要他来看看。阿南德·巴依把那张折叠起来的大纸放在汽车后备厢上。昌迪看到那是一张孟买的地图，曾经就放在阿南德·巴依的抽屉里。阿南德·巴依展开地图，用手电筒照在上面。即便昌迪此刻吓得魂不附体，还是被那张地图吸引了。他从未看过地图上的孟买。这座城市的形状古里古怪，从昌迪所站的地方看去，就好像孟买张着一张大嘴，跟《月亮妈妈》插图里的怪物一样在打哈欠。怪物的身体上有很多线，他估摸那些线条代表道路，可他情不自禁地将它们想象成怪物皮肤上的裂纹。看起来就好像孟买变得伤痕累累。

"我们不会不断发起攻击。"阿南德·巴依说，"他们就是这么告诉我的。"

"谁告诉你的？"拿铁棒的男人说。

"是上头的命令。我只能说这么多了。就在我们现在说话的时候，拜库拉已经出事了。"

阿南德·巴依用食指点点地图上拜库拉所在的位置。那个地方就处在怪物的咽喉上，距离嘶吼的大嘴只有几英寸远。

"今天晚上，拜库拉、帕雷尔和达达尔将成为人间地狱。"阿南德·巴依说，"我知道，你们对这座城市都很熟悉，用不着地图，但我把它带来，自有道理。看到地图上这个名字了吗？是什么？"

"孟买。"有人答道。

"从现在开始，我们再也不要说这个名字。这个岛屿属于女神孟巴德威，我们一定要它成为印度人的城市。胜利属于马哈拉施特拉邦！"

昌迪知道孟买是马哈拉施特拉邦的首府。萨迪克太太是这样跟他说的。阿南德·巴依用他的金色打火机把地图点着："我们要把旧孟买烧为灰烬，让新孟买诞生。"

人群都安静下来。

"今晚我们先不动穆斯林社区，等我们的队伍壮大起来再说。"阿南德·巴依提醒道，"现在，我们不在东格里、马丹普拉、阿格瑞帕达、J.J.医院和布迪市场这些地方发动攻击。我们先拿一家人下手。出发之前，我来给大家介绍一个人。"

阿南德·巴依将手电照在昌迪的脸上，光芒直射他的眼睛。光线刺目，昌迪抬起手遮挡。

"他是昌迪。"阿南德·巴依道，"他是我的人，今晚会和我们一起干。这可是他的处子秀。"

"这小不点成吗？"有人问。

"他个子虽然小，胆子可不小。"阿南德·巴依说，"他的朋友桑迪和纳姆迪奥·戈希都在那场爆炸中被炸死。现在昌迪要为他朋友报仇雪恨。他要穆斯林血债血偿。"

穆纳听到这些，露出了大吃一惊的表情。昌迪很想知道，穆纳惊讶的是桑迪死了，还是阿南德·巴依要昌迪加入。不过，不管是哪一种，都无关紧要。

"沙安巷有一家穆斯林。你们都知道阿拉伯咖啡馆的老板阿卜杜勒吧？就是街角的莫格莱莱餐馆。"

"辣子鸡阿卜杜勒。"拿铁棒的人说。

"没错，就是那个阿卜杜勒。他的侄子就住在沙安巷。"

"出租车司机哈尼夫？"

"嗯，就是那个开出租车的。他和妻子住在一起，最近还生了个孩子。今天晚上，我们要把他们三个人烧死在家里。不能给他们留一点生机。"

昌迪听到这里，连心跳都停止了。

这时候，一个念头突然出现在脑海中：或许这只是个恶作剧呢，阿南德·巴依割破他的舌头，不也是为了给他点教训吗？要是我告诉阿南德·巴依，我已经得到教训了，他或许就会放我走，昌迪心想。阿南德·巴依不可能要我去看那么恐怖的事情。

拿铁棒的人说道："怎么没有汽油？"

"到地方就有了。"阿南德·巴依道。

"沙安巷可是印度人的地盘。不就是烧死一家子嘛，用得着带这么多武器吗？"

"谁知道我们的印度兄弟会不会同情哈尼夫，那样的话，我们的武器就可以提醒他们，责任重于友情。哈尼夫一家在社区里挺得人心的，哈尼夫的老婆教孩子们读书写字，而且，如果遇到紧急情况，哈尼夫还免费让邻居们用他的出租车。"

达兹的房门开了，老太太一瘸一拐地走出来，目光炯炯地望着聚在一起的众人。有几个人恭敬地和她打招呼，却并没有走近。没有人向她走过去。昌迪看着老太太，衷心期待她会叫他进屋。他很清楚，如果他向她跑过去，阿南德·巴依肯定会怒不可遏。他只好闭上眼睛，想着老太太装在小木盒里的神像。他祈求所有神明快来帮助他。

接下来，他不可置信地听到那个老太太说："阿南德，让那孩子进屋来。"

阿南德·巴依没回答。他只是转身面对众人，说："出发。"

"我们怎么去？"有人问。

"坐豪华大巴。"阿南德·巴依说。

众人嘻哈笑着，向黄瓜和西红柿地的方向走去。

"阿南德，"老太太又说，"让那孩子进屋来。求你了。"

"你懂什么，快回去。"他怒道。

达兹走出漆黑的房间，来到老太太身后，把手放在她的肩膀上，带她回了屋。

"阿南德·巴依。"昌迪轻声说，小心翼翼地不让他的手下人听到，"我得到教训了，再也不敢撒谎了。请你原谅我吧。"

"我早就原谅你了。现在我们干的是正事。总有一天，你会跟我一样，成为一个让人又敬又怕的人。我相信你以后一定能成大器。你很勇敢，还有颗善心。别担心，就连我第一次做这么大胆的事时，也有同样的感觉。不过，等到你心底那种恶心的感觉消失后，就自由了。杀人就杀人呗，然后吃点好的，找个漂亮女人抱抱，再睡上一觉，就没事了。"

"可是，阿南德·巴依……"

"这是你的责任。"阿南德·巴依说，"如果你不履行职责，遭殃的就是古蒂。你也不希望古蒂受到伤害吧？"

沙安巷很窄，四下静悄悄，只有微弱的歌声从不知什么地方的收音机里传来。所有小棚屋里都黑着灯。大多数棚屋外面都摆着大桶，昌迪看得出那些桶是用来盛水的。有些房子是用木板和竹竿建造而成的，地上铺着茅草，其他房子看起来要结实一些。有些房子刷着绿色油漆，衣服和毛巾搭在小窗台上。

阿南德·巴依的手下拿着刀、剑和板球球拍，迈着飞快的步伐向前走去，似乎都不担心被发现。阿南德·巴依搂着昌迪的肩膀。穆纳再次向昌迪投来严厉的目光。昌迪把 T 恤衫塞进短裤里。

月光洒在房子的锡屋顶上，刀剑闪烁着清光。昌迪琢磨着是否可以跑开，去提醒哈尼夫一家有人要来袭击他们。他跑起来速度很快，要是脚都跑不快，要它们还有什么用呢？可是他根本不知道哈尼夫住在哪里，就算知道，并且跑去哈尼夫家提醒他们，阿南德·巴依也不会放过古蒂。

众人很快来到死胡同的尽头。他们停下，前面是一个比较大的棚屋，刷着蓝色油漆，与其他棚屋相隔一段距离。门边摆着几个陶土花盆，里面种着很小的植物。一个比斯莱里牌塑料矿泉水瓶里长出了匍匐植物，只是已经枯萎。房门关闭着，看起来很厚重，与大多数棚屋的门都不一样。房子有一扇窗户，木百叶窗拉着。靠墙立着一辆自行车，不过两个轮胎都没气了。这栋蓝色棚屋边上停着一辆黑黄色的出租车，车顶有一个银色支架。昌迪真盼着出租车司机哈尼夫马上醒来，开车离开这里。

阿南德·巴依抬起右手，示意所有人不要动。

他走到右边的小屋前，轻轻敲了敲门。一个光着膀子、穿着白色腰布的男人打开门，交给阿南德·巴依一个大塑料罐。里面装着四分之三的液体。昌迪猜测里面是汽油。阿南德·巴依示意一个手下拿好塑料罐。穿着腰布的男人又递出一个塑料罐。最后，他给了阿南德·巴依一个棕色瓶子。一块白色破布垂在瓶口。这个瓶子里装的也是液体。穿腰布的男人轻轻退回棚屋，无声地关上房门。昌迪有些摸不着头脑。这个人怎么连自己的邻居都害？

"两个人到后面去。"阿南德·巴依小声道，"那里没有门，但有一扇小窗户。不能让任何人逃掉。"

有两个人立即飞奔着跑向蓝色棚屋的后面。

阿南德·巴依给另外两个人下命令："把汽油浇在墙上，不过一定要小心。可不能把整条街都烧了。"

两个人各拿起一罐汽油，开始往侧墙上泼。有些汽油还喷溅到他们的牛仔裤和皮凉鞋上。

"穆纳。"阿南德·巴依说，"上锁。"

穆纳悄悄向屋门走去。他滑上门闩，把铁锁挂在上面。并没有把锁锁上，八成是怕弄出动静儿，吵醒哈尼夫。

"知不知道我为什么选这家？"阿南德·巴依小声对昌迪说。

"因为……他们是穆斯林。"昌迪无力地说。

"这是主要原因。"阿南德·巴依说，"但你要记住一点：要想从工作中寻找真正的乐趣，就需要不止一个原因。算是额外奖励吧。你知道的，我年轻时候有个心爱的姑娘，她就住在这里。那姑娘叫法尔哈娜。她很喜欢我，我也很喜欢她。只可惜她是个穆斯林。虽然她都是我的人了，却还是嫁给了哈尼夫。今晚，我就要向偷走她的那个男人复仇。因此，我们的工作可以说是非常特殊的。"

昌迪看着他周围这群乌合之众，不由得想到萨迪克太太，她虽然不是他的妈妈，但至少是一个好人。他想到了小普什帕，等她长大了，他们或许可以成为朋友。还有他的爸爸，即便抛弃了他，看起来也比阿南德·巴依好很多。

忽然，一个老太太打开他们左边一个小屋的门，向黑暗中看来。

"谁呀？"她问道。

"回屋去。"阿南德·巴依说。

老太太并没有乖乖听话。她注意到人影攒动，有人正往蓝色小屋上泼汽油。说不定她还看到了刀片。于是，她扯着嗓子呼救。

"看好门！"阿南德·巴依喊道。

他的叫喊声划破了黑夜。

拿铁棒的男人和其他三个男人一起跑向蓝色小屋的大门。穆纳扣上了锁头。

蓝色棚屋里有灯光亮起。

沙安巷的居民纷纷从睡梦中惊醒，但是，阿南德·巴依的手下依然不慌不忙。阿南德·巴依再次打亮手电筒，照在那个老太太的脸上。然后，他用手电去照沙安巷的其他居民。

男人们有的穿着裤子，有的穿着卡其色短裤，还有的系着格子图案的腰布，他们全都惺忪地揉着眼睛，迎来的却是阿南德·巴依的警告："谁要是敢插手，我就送他上西天。"

哈尼夫和他的家人意识到被反锁在屋里，正绝望地用力敲门。几个居民走出铺着茅草的房子，来到巷子中，却只能面对锋利的刀剑。

"滚回去。"阿南德·巴依说。

"你们在干什么？"一个居民问道。

阿南德·巴依用手电照在他自己的脸上。手电光从下方照射着他的脸，他的黑色胡子闪动着金色的光芒。黑眼圈比以往更明显。

　　"你们大多数人都知道我是谁。"他说，"那就该知道，我现在这么做，是出于好意。就在两天前的晚上，就在乔格西瓦里的拉德哈柏宿舍，一家印度人被活活烧死。我们现在来这里，是为了伸张正义。现在，将有一家穆斯林被烧为灰烬。谁要敢管闲事，我就让他不得好死。好好想想吧，你们自己的命值多少钱。不久以后，整个城市都将陷入水深火热，到时候，这片区域就该需要我的保护。"

　　"但你们也会把我们的房子烧着的。"一个人说。

　　"这栋蓝房子四邻不靠。我们可是精心挑选了这个目标。现在都给我回屋去！"

　　阿南德·巴依的手下站在两侧。即便他们大都又瘦又小，但手拿武器，一个个显得凶神恶煞似的。居民都退回到他们那由茅草和铁皮屋顶建成的房子里。阿南德·巴依把手电筒扔到地上。

　　拿着铁棒的男人突然跃到蓝色棚屋的窗边，像听到了什么动静。

　　蓝色棚屋的窗户打开了。

　　他毫无征兆地挥动铁棒，冲着从窗户向外张望的人打去。只听一声令人毛骨悚然的爆裂声，从屋里向外探头的人就不见了。肯定是出租车司机哈尼夫，昌迪心想。那个人拎着铁棒，守在窗户外面，看起来已经准备好在必要时故技重施。

　　小巷内黑漆漆的，昌迪能听到一个女人在蓝色棚屋里惊声尖叫：

"救命呀，谁来救救我们！"

他还能听到孩子的哭声。肯定是哈尼夫刚刚出生不久的孩子。昌迪想象着哈尼夫躺在地上，被铁棒打断了几颗牙齿，鲜血顺着他的鼻子和嘴往外流，而妻子则在拼命敲打被反锁住的屋门。

昌迪无法动弹。竟然没有一个邻居出来救这家人。大多数人都回屋去，只有几个人还站在外面，看起来却跟昌迪一样，已经吓破了胆。

阿南德·巴依拿着棕色的瓶子，站在昌迪身边。"知道里面是什么吗？"他说，"这是汽油弹。看到这个白色的东西了吗？是引信。等我把引信点着，希望你能把它丢进窗户里。"

昌迪简直不敢相信自己的耳朵，只是牢牢地望着阿南德·巴依。

阿南德·巴依俯身对着昌迪说："我希望你把炸弹丢进去。只有这样，你才能扬名立万。"

"求你了……"昌迪说。

"现在，去把那家人烧死。不然的话，我把你和他们一块烧成灰。"

"求你了……我下不去手……"

阿南德·巴依一把勾住昌迪的脖子，直视他的眼睛。就算昌迪很想移开目光，也办不到。他的胃里翻江倒海，像是有什么东西想要涌出来。阿南德·巴依的拇指按在昌迪的喉咙上。

"古蒂怎么办？"阿南德·巴依问道，"为古蒂想想吧。"

"你还是杀了我和古蒂吧……"昌迪说，"我不能杀人……"

"我会要了你的命，却不会杀死古蒂。"阿南德·巴依说，"不管你扔不扔炸弹，哈尼夫一家反正都是一个死。但古蒂的命运却掌握在你手里。要是不扔炸弹，我就把她卖了，卖给那些老男人。"

这些话如同锋利的钉子，扎进昌迪的心。那种恶心的感觉更强烈。

阿南德·巴依抓住昌迪的肩膀，把他推向窗户。瓶子依然在阿南德·巴依的另一只手里。

"走到窗户那儿。"他说，"扔了炸弹，你就是男人。"

但昌迪死死站着不动。

他听到了一个女人的尖叫声。就算窗边没人，昌迪也仿佛能看到她：是哈尼夫的妻子，瞪着一双乌黑的大眼睛，昌迪在梦中见到妈妈也有这样一双眼睛。

阿南德·巴依把棕色瓶子强塞进昌迪的手里，同时也用手抓着瓶子。

"求你了……"昌迪说，"我做不到……"

"想想看吧，古蒂以后会夜夜痛哭，痛不欲生，而那都是你的错。还是把瓶子扔出去吧，这是更好的办法。这几个人无论如何也是死路一条。想想古蒂吧。她将落得与'玩具'一样的下场。你还记得'玩具'吗？"

昌迪当然记得"玩具"，记得那鲜红的血。

阿南德·巴依把手从瓶子上拿开。

他打开金色打火机，火焰闪烁。

"求求你……"昌迪说，"求你了……"

"赶快扔出去，昌迪。不然的话，我就派一个人去找古蒂，今晚就把她卖掉。"

昌迪抓紧瓶子。

阿南德·巴依点燃引信。"扔！"他命令道。

昌迪的身体一缩，就跟中弹了一样。

他把瓶子扔进窗户。

他马上转过身，瓶子则落在地上，摔了个粉碎，立即就有火焰升腾而起。尖叫声划破了夜空。大火好像变身成野兽，要吃人来填饱空空的肚子。

周围的人都跑了，昌迪则注视着阿南德·巴依，后者则站在原地不动。阿南德·巴依穿一身黑，看起来如同黑夜的一部分。昌迪无法理解，在这样一个时刻，阿南德·巴依怎么还笑得出来，而且连一点逃跑的意思都没有。

昌迪却落荒而逃。

❖

阿南德·巴依的院子里空无一人。

他的手下都不见了踪迹。就连房门也是关着的。山羊被拴在角落里的木桩上，已经醒了。它趴在地上，时不时抬起头来。昌迪坐在地上，凝视着山羊。他回来一个多小时，却依旧没有去敲达兹的门。

只要看他一眼，古蒂就能知道他做了可怕的事。他要怎么对她说呢？说"我杀了人"？说不定她根本就认不出他。他做了那种事，或许脸都变了呢？

不过萨迪克太太肯定能马上认出他。此时此刻，他能感觉到她在他耳边低语：记住了，一朝为贼，永世不得翻身。我干的事可比贼恶劣多了，他对她说。古蒂听了难过不已，便不再在他耳边言语。

要是他一直留在孤儿院就好了。那他就可以日日夜夜和他的三角梅在一起了。他闭上眼睛，想象着花朵轻轻拂过脸庞。可花朵刚一碰触到他，就缩了回去。

然后，哈尼夫的妻子取而代之，出现在他面前。她牢牢地盯着他，一头黑色长发正在熊熊燃烧。

黑暗中突然响起一声尖叫。昌迪猛地睁开眼睛，却见周围根本没有人。他真希望阿南德·巴依割掉他的耳朵，只要他还有耳朵，那么在余生之中，哈尼夫一家人的尖叫声都会在他的耳畔回荡。

说不定那条街上的人正在灭火呢，他这么告诉自己。棚屋是烧了，但那一家人或许会得救。

他知道这根本是不可能的事。阿南德·巴依待在那里，就是为了不让任何人逃出来。昌迪只能希望哈尼夫一家在被烧死前就停止了呼吸。

他听到门内传来一声沉重的咳嗽声。门突然开了——是那个老太太。她依旧在咳嗽。她走进夜色中，把痰吐在碎石小路上，轻轻地啊了一声。她并没有看到昌迪。他尚未准备好面对任何人。老太太转身，要返回屋内。

"昌迪？"她问道。

她眯起眼，看向黑暗。昌迪没有回答，也没有站起来。他就这么一动不动地坐在地上，背靠着墙，一条腿弯曲着，另一条腿向外伸展。

"昌迪……"老太太又喊道。这次，她的声音变得轻柔了。

老太太已经猫着腰，却依然继续向前探身。她这么一靠近，让他感觉很不舒服。她把手掌放在他头上，就这么按了一会儿，却一句话都没说。然后，她挺直身体，走回房间。

他能听到她在房内来回走动。餐具的叮当声响起，随即传来达兹发出的如雷鼾声。鼾声突然响起，又突然停止。昌迪真开心看到古蒂依然在睡觉。他可没有勇气去见她。他决定离这个房间远远的。坐在这里，他感觉浑身冰冷，像他的心在颤抖。

就在他准备用手撑住地站起来的时候，一个声音响起："今夜，我们要好好开心开心……"

是阿南德·巴依。他左手拿着一瓶威士忌，右手搂着一个人的肩膀。就是那个人用铁棒打烂了哈尼夫的脸。

"拉尼要带一个朋友来。"阿南德·巴依说，"我们一起找找乐子吧。你愿意加入吗？"

"好哇。"那个人说，"求之不得。"

他们全都用沙哑的声音哈哈笑起来，昌迪坐着不动，连大气都不敢喘。他只希望他们注意不到他。就在他们即将从身边走过的时候，达兹房间的门传来嘎吱一声。一只手把门推开，门撞到旁边的墙壁。昌迪知道开门的是古蒂，他只希望她回去。

阿南德·巴依和那个人警惕地转过身。但他们一看到是古蒂站在门口，便放松下来。阿南德·巴依把注意力转移到右边，也就是昌迪蹲坐的地方。

"昌迪。"阿南德·巴依说。

他走上通往达兹房间的三级窄小台阶，俯身向昌迪，就跟老太太的姿势一样。

"你干得太漂亮了。"阿南德·巴依说，"你真勇敢。"他把手放在昌迪的肩膀上，用力按了按，"记住今晚。就在这个夜晚，你成了一个男人。"阿南德·巴依的呼吸中有很重的酒气。他的黑衬衫都被汗打湿了，贴在胸口上。阿南德·巴依扭头看着古蒂，问道："你知道我们的英雄今晚做出了什么壮举吗？"

昌迪纹丝不动，像已经忘记了该如何移动。

但阿南德·巴依在动。他向古蒂走去，用一只手按住古蒂的头，看着昌迪。"你们两个对我而言都很特别。"阿南德·巴依说。然后，他用手指勾住她的下巴，直勾勾地看着她，说："就连你也是特别的，古蒂。"

昌迪的胸膛里燃烧起熊熊怒火。他猛地站起来，直向阿南德·巴依。他的右手攥成了拳头。

"记住我说的话，昌迪。"阿南德·巴依道，"你一定要忠诚于……"

这时候，老太太走了出来。她缓缓向古蒂伸出手臂，古蒂连忙走到她身边，依偎在她身边。

"阿南德，很晚了。"她坚定地说，"去睡觉吧。"

昌迪见到古蒂紧紧靠在老太太的身上，忽然明白了一件事。或许老太太的怀抱是古蒂唯一觉得安全的地方。此时此刻，在阿南德·巴依的家，只有阿南德·巴依的妈妈能给她安全感。她很关心古蒂，绝不允许阿南德·巴依伤害她。昌迪绝不能相信阿南德·巴依——他随时都会违背誓言——但他可以指望老太太。只要她还活着，古蒂就会平安无恙。如果他和古蒂逃跑了，那老太太就不能保护他们了。阿南德·巴依一定能找到他们，到时候古蒂就要遭罪。

阿南德·巴依把手伸进黑色裤子的口袋里，拿出一张五十卢比的钞票。他把钱放在昌迪的手掌上。

"今晚干得漂亮。"阿南德·巴依又说。

昌迪根本无法去抓住那张钞票。

阿南德·巴依对老太太笑笑，走下三级台阶，举起瓶子喝了一大口酒。他又搂住那个人的肩膀，二人一起向他的房间走去，他们的脚踩在碎石小路上，咯吱咯吱直响。

昌迪死死盯着他手里的钱。那是一张崭新的五十卢比钞票，他这辈子都没摸过这么多钱。但那张钞票碰到他的皮肤，让他感觉很恶心。他强忍着，才没有把钞票撕碎。他攥住钞票，把它塞进短裤的口袋里。

他现在需要钱。有了钱，才能给古蒂和艾玛买吃的，而且，要是逃跑的话，没有钱是不行的。他心思杂乱，一时间也想不出什么主意来。

老太太进屋去了。他听到她往容器里倒水。他感觉双腿发软，只好再次坐下。古蒂也坐下了。她没有说话。昌迪看着阿南德·巴依打开的房门。他把酒瓶举到嘴边，喝光了剩下的酒，将空瓶子扔到地上。

昌迪望着将这里和学校操场分开的墙壁。再过几小时，太阳即将升起。那些单间房屋的大门就会打开，小烟卷的气味儿将弥漫在院子里，而且，学校的铃声将会响起。

昌迪能感觉到古蒂的目光一直落在他身上。他只是继续盯着他面前的水泥墙壁。

"出什么事了？"她轻声问道。

昌迪很想闭上眼睛，躺在古蒂的腿上，但他不能这么做。诡异的静寂笼罩着这个地方，像是黑暗中所有人都是醒着的。

Chapter8

没有悲伤的城市

　　很快，大海就会把太阳推向天空，大海也会带走她的歌声，让歌声传到她爸爸甚至桑迪的耳边。

眼前这栋建筑已被烧为废墟，从中能看到一块块石板。老鼠在洞里钻来钻去，一块块碎玻璃在街灯的照耀下闪烁着光芒。

古蒂拿着三根香蕉，在昌迪前面走着。香蕉是老太太给的，她还嘱咐他们改天回来吃薄煎饼和达尔菜。她说，要是古蒂乐意，可以让她洗个澡。

眼瞅着就要到他们的窝棚了，古蒂加快了步伐。

艾玛在窝棚里，正抱着婴儿，一边仰望夜空，一边轻声说着什么，像要把她的孩子献给天空，好让孩子平平安安。

古蒂走向艾玛，轻轻把手放在艾玛的背上。艾玛依然在仰视天空，却把孩子交给古蒂，不再言语。她来回摇晃脑袋，缓缓地从天空中收回目光。

古蒂把婴儿放在一片塑料布上。她剥开一根香蕉的皮，喂给艾玛吃。艾玛拉着古蒂的手——她并不想要古蒂松开香蕉。她把香蕉吞下去，仿佛香蕉是液体状的。昌迪不知道婴儿的病好没好。等天亮了，他就去买些牛奶给孩子喝。他一定不能让那孩子死。

他看到角落里有一个东西。是桑迪的乳白色衬衫，他把它捧起来，感觉喉咙里像堵了个硬块。衣服上散发着汗味和烟卷的气味儿。这肯定是桑迪在世之际碰过的最后一件东西。他肯定是把这件衬衫丢在地上，才去了神庙外面。昌迪不知道一件衬衫怎么能叫他这么难受。就连大火把桑迪的身体烧焦的时候，他都没哭，但现在看到这件衬衫却……

艾玛吃完香蕉，躺在婴孩边上，闭上眼睛。她甚至都不晓得她失去了一个儿子，昌迪心想。两三只苍蝇落在她的脸上，他把它们赶开。这个时候，她舔舔嘴唇。他擦掉婴儿肚子上的汗珠，但很快就把手抽回来。

古蒂也在吃香蕉，还把剩下的那个交给昌迪。他剥开香蕉皮，不过他的动作很慢，像不敢吃。他无法让自己去吃掉那根香蕉。他依旧看着那个婴孩。他很想告诉古蒂，他杀死了一个差不多大的婴儿。

她很清楚。她知道他干了什么。

就算她现在不知道，以后也会知道。所有人都会谈论沙安巷里有家人被放火烧死了，到时候她就能明白这事他也有份，不然，阿南德·巴依是不会管他叫英雄的。

昌迪看着婴孩的肚子随着呼吸起起伏伏。那个孩子……哈尼夫的孩子……当时肯定是睡着了。不对不对，他这么提醒他自己，他明明听到那个婴孩在房子里号哭。那孩子当时醒了。

他感觉有什么东西在抓扯他的心。他不知道该如何阻止它。

或许他应该和古蒂说说，把他的所作所为都告诉她。

不行，他绝对不会把这件事告诉她。他知道古蒂正在观察他的一举一动。他很开心。为了她，他被迫做了一件可怕的事。

就让她观察他吧。

想到这些，他不由得满心羞愧。他不可以把那件事怪罪到她的头上。如果是为了他，桑迪或古蒂也会做出同样的举动。

古蒂探身过来，握住他的手。他甚至都没意识到他的手哆嗦得厉害。他立即把手从她的手中抽出来——他就是用她刚刚握住的那只手去扔汽油弹的。

"不管发生了什么事，现在都过去了。"她小声对他说，"没事了。"

这将成为他一辈子都甩脱不掉的梦魇，他心想。

"跟我来。"古蒂说，"我想带你去一个地方。"

昌迪躺在地上，把眼闭紧。与她去任何地方都没有用。不管她把他带去何处，沙安巷的火焰都将与他如影随形。

<hr />

眼前这栋建筑已被烧为废墟，从中能看到一块块石板。老鼠在洞

里钻来钻去，一块块碎玻璃在街灯的照耀下闪烁着光芒。

一辆出租车中的音响正在播放一首印地语老歌。昌迪向前走着，透过那辆停着的出租车挡风玻璃看向车内，一串白色茉莉挂在后视镜上。然后，他看看他手里的花环，告诉自己他的花十分特别。倒不是因为花环是由金盏花和百合花编织而成，而是因为这花环是他亲手扎的。是为了桑迪才编这个花环的。

古蒂一直都很想带昌迪来这里。今天，他终于同意和她一起来，是因为桑迪死了整整一个月了。在过去的这段时间里，昌迪变得沉默不语。

他们绕过一个弯道，向泰姬玛哈酒店走去，乌鸦在树上嘎嘎叫个不停。昌迪从树枝之间眺望天空，见到天空呈现出淡淡的橙色。此时正值拂晓时分，送奶工的自行车发出叮叮声。此人身着卡其色短裤和蓝色衬衫，从他们身边骑过，一个装牛奶的钢铁箱子挂在自行车的一侧。

他们走到海堤附近，昌迪注意到印度门就在不远处。他看着这栋棕色建筑，见它有四座塔楼，中间有一道拱门，不明白为什么要盖这样的建筑。它对面的泰姬玛哈酒店犹如一座古老的宫殿，边角建有橙色的圆屋顶，中间还有一个更大的圆屋顶。鸽子落在白色拱形窗户上，咕咕叫着，还有些鸽子在石头墙壁边上飞来飞去。身着制服的清洁工低声哼着小调，清扫酒店的混凝土台阶。在酒店的右侧，住宅建筑区周围种着椰子树，那些建筑物看起来很老旧，阳台则十分宽敞，而且大楼看起来十分坚固。

昌迪周围有很多女清洁工拿着浓密的稻草扫把，清扫昨晚的垃圾，有些老人身穿白色短裤，在海堤边上散步。一个留着卷曲胡须的男人蹲坐着，身边摆着一个煤油炉，兜售装在小纸杯里的香料茶。流浪狗和乞丐在人行道上徘徊，鸽子也落在那里，一个没腿的男人正坐在手动轮椅上睡觉。一个巴士司机站在他的蓝色旅游巴士外面，手里拿着一根印度熏香，他把香转了一圈又一圈，还用低沉粗重的声音念着祷词。昌迪也想为出租车司机哈尼夫祈祷，但只是闭上眼睛，请求哈尼夫宽恕他。

"我以前常和爸爸一起来这里。"古蒂说，"我们经常在这里一坐就是一整天，吃鹰嘴豆。在孟买，这是我最喜欢的地方。"

古蒂坐在海堤上，将双脚垂下边缘，下面就是海水。她看着昌迪，他知道她希望他也这么做。他只好在她身边坐下。柔和的阳光洒落大地，这片区域看起来与昌迪见过的其他地方完全不同。这里是那么广阔，大海看起来无边无际的。

昌迪抚摸着手里的花环。老太太告诉过他，每朵花之间要相隔一定距离，这样它们才能呼吸。他很喜欢这种说法。再过几小时，他就会去达兹的房间，坐在地上，身边摆着满满一篮子金盏花和百合花，开始编花环。

他眺望着地平线，想起了桑迪。现在，桑迪肯定完成了梦想。他肯定已经去过孟买的每一个角落，看了所有板球比赛，去所有赌场赌了个痛快。桑迪说过的话出现在他的耳畔：然后，我就像一只坚韧无比的鸟，在大海上方飞翔，永不停歇。就算是大海浩瀚无边，桑迪也一定可以瞬间飞跃。谁知道呢，或许他嘴里还会叼着烟卷呢。

昌迪为桑迪做这个花环，因为他一直没有机会跟桑迪道别。当时，火焰吞噬了桑迪，昌迪所做的就是眼睁睁看着。他希望桑迪能宽恕他。念及此，昌迪把花环丢进海中。花环越漂越远。大海会把它带去何方呢？他很想知道。他真希望和古蒂也能同样漂向远方，前往大海另一边的国家。

"有时候我梦到桑迪在我们的村子里。"古蒂说，"他假装不会走路，逗着我们玩。"

昌迪没说话，只是听着鸽子的咕咕叫声，想到了孤儿院的墙壁。说不定此时孤儿院都被拆毁了。他希望所有人都能安然无恙，尤其是萨迪克太太和小普什帕。

"昌迪，跟我说说话吧。"古蒂说，"要是我们为阿南德·巴依工作，你说怎么样？我们还是很好的，对吧？"

他微微抬起头，看了一眼她的脚，只见她脚上的裂纹里有很多泥，又看看盖住她大腿的棕色裙子，那衣服松松垮垮的，一点也不合身，然后，他看到她从未离身的橙色手镯，但不敢再往上看了，他不能看她的脸，更不敢看她的眼睛。

"昌迪，你一定得和我说说话。"她道，"你现在都不爱说话了。"她的声音有些嘶哑。

但他只是注视着海面，望着摇摆不定的小船。清洁工的扫帚在他身后发出沙沙声。他还听到了狗发出的喘息声。

昌迪面对地平线，抚摸着他的肋骨。他的肋骨还是那么凸出，但他现在知道肋骨永远都不能变成獠牙。警虎也不会从刷有黄蓝色条纹的警局墙壁里出来。他必须找其他办法来保护古蒂。

可惜他现在没有任何依靠。在离开孤儿院的时候，他有卡洪莎。他能清清楚楚地看到那座城市，好像它是真实的，是真的存在。现在，就连他的三角梅也没有用处了。

他听到古蒂深吸了一口气。他还是没有看她，因为要是她在哭，他根本就不知道该怎么办。

但古蒂唱起了歌。

她的歌声让昌迪大吃一惊，有那么一刻，他只是望着正下方的海水轻轻拍打着海堤。一开始，古蒂的声音很轻柔，但随着她提高声音，他想到第一次听她唱歌就觉得她的歌声很动听，他知道，即便她就坐在身边，也显得十分遥远。

他眺望远方，看到大海和天空交汇在一起，仿佛它们是一对好朋友。很快，大海就会把太阳推向天空，大海也会带走她的歌声，让歌声传到她爸爸甚至桑迪的耳边。

但他感觉到她是在为他唱歌。他不知道，明明是古蒂失去了哥哥，却怎么还能为他唱歌呢。她没有哭，而这可能是因为她想要昌迪好过一点。他不知道她是从何处得到的力量。

昌迪看到她把左手伸到身前，仿佛是在指示她的歌声该飘向何方。

她引导她的歌声飞过海面，晃了晃手，她的声音便知道该越过哪些波浪，该与哪些波浪迎面相撞。她的手一晃，橙色手镯便随之叮叮当当地碰撞在一起，他的目光从她的手肘游走到她的裙袖，这时候，他注意到她的胸口。

古蒂唱歌太用力了，胸口起起伏伏。

她的歌声飘向大海，而她的歌声正是从她的胸口里发出来的。

她的歌声就是从那里来的，她的力量也是从那里来的。

就在这一刻，昌迪感觉到他的胸腔里也有什么东西在动。

他告诉自己，那可能是任何东西。

或许是警虎。

没错，警虎就在他的胸腔里，即便它们现在沉默不动，但总有一天，它们将放声咆哮。总有一天，他会将它们释放出来。

她的歌声在海浪之上飘飘荡荡，他很想把他的想法告诉她。

恰在此时，他听到了一个声音。那是马匹的疾驰声，疯狂而响亮。孟买的马车都在海边，而马车本身就极为少见，但让昌迪惊奇的是那些马。它们是用三角梅做成的，就连那些巨大生物的血管和纤维也由花朵组成。它们向海堤冲来，从惊诧不已的人们的头顶跃过，跳进海中。

昌迪的心随之扑通扑通狂跳起来。他深吸一口气。

他看着太阳缓缓升入空中，耀眼跃动的光芒洒向四方。

在他身后，突然传来鸽子鼓翼飞动的声音，仿佛它们同时都飞走了。

海水哗哗地流动着，昌迪靠近古蒂，握住了她的手。

感谢

我在此向上帝和巴哈纳格瑞斯表达我最深的感激之情，感谢他们的指引和祝福。

感谢我的朋友们：沙伊马克、那库尔、格兰、洛汉、玛兹、普尼特和里亚兹，感谢他们的聆听，并为我提供了宝贵的建议。

感谢我的代理人丹尼斯·布科夫斯基，谢谢他为我的作品提供了一条光明的道路。

感谢布拉德·马丁、凯西·佩因、斯科特·里查德森、玛莎·伦纳德、苏珊·伯恩斯、拉拉·希斯博格、瓦珥·戈夫、克里斯丁、柯克兰和肖恩·奥凯，感谢他们的支持，并欢迎我去双日出版社。

最后，我要特别感谢我的编辑玛雅·马夫杰，感谢她的信任和聪明才智。